MANUAL DO BRUXO

ALAIN T. PUYSSÉGUR

MANUAL DO BRUXO

Inspirado na obra de Andrzej Sapkowski
Ilustrado por Mathilde Marlot

Tradução de Flavia Lago

wmf martinsfontes

Esta obra foi publicada originalmente em francês com o título MANUEL DU SORCELEUR, por Éditions Bragelonne.

1ª edição 2025

Tradução *Flavia Lago*
Acompanhamento editorial *Bárbara Prince*
Preparação de texto *Sofia Soter*
Revisões *Cássio Yamamura e Leticia Campopiano*
Produção gráfica *Geraldo Alves*
Paginação *Renato Carbone*

Dados Internacionais de Catalogação na Publicação (CIP)
(Câmara Brasileira do Livro, SP, Brasil)

Puysségur, Alain T.
Manual do bruxo / Alain T. Puysségur ; ilustração Mathilde Marlot ; tradução Flavia Lago. – 1. ed. – São Paulo : Editora WMF Martins Fontes, 2025.

Inspirado na obra de Andrzej Sapkowski
Título original: Manuel du sorceleur.
ISBN 978-85-469-0755-7

1. Fantasia 2. Ficção francesa I. Marlot, Mathilde. II. Título.

25-278836 CDD-843

Índice para catálogo sistemático:
1. Ficção : Literatura francesa 843

Aline Graziele Benitez – Bibliotecária – CRB-1/3129

Todos os direitos desta edição reservados à
Editora WMF Martins Fontes Ltda.
Rua Prof. Laerte Ramos de Carvalho, 133 01325-030 São Paulo SP Brasil
Tel. (11) 3293.8150 e-mail: info@wmfmartinsfontes.com.br
http://www.wmfmartinsfontes.com.br

O manuscrito que deu origem a esta obra foi confiado aos cuidados da Academia por uma sacerdotisa de um templo de Melitele. As palavras do bruxo e sua organização não sofreram nenhuma alteração. Apenas a diagramação foi revisada para melhor legibilidade. Todos os esboços, estudos e reproduções realizados por Eikatz foram preservados.

Academia de Oxenfurt

Prefácio

* * *

"Pois o tempo virá em que os ditos feiticeiros pagarão por suas diabólicas ações. As pessoas honestas e de coração sincero não mais permitirão que o solo seja maculado por esses seres vis, cuja simples visão lança maldições. Forcados e tochas são a única resposta contra essa ameaça cujas práticas desonram o gênero humano. Ao seu covil, Kar Morren..."

Minha mão erra o tinteiro mais uma vez. A pena desliza no vidro. Engulo de uma só vez o restante do chá na esperança de que o analgésico acalme os tremores. Esse derivado de anserina, desenvolvido há cerca de quinze anos, sempre fez milagres. Hoje, mal abafa as consequências do meu último combate. É raro que um basilisco consiga me atingir. Até agora, eu sempre escapara com ferimentos superficiais. Desta vez, tive menos sorte. Nunca tinha visto uma espécie com tais mutações. Sempre que minha mão falha, lembro-me de seu focinho a poucos centímetros do meu rosto. Seu hálito pútrido volta a invadir minhas narinas. Acabei com ele, apesar do ferimento, e recebi a recompensa prometida pelo starosta. E então, desabei.

De acordo com uma das curandeiras do templo aonde fui levado, em Ellander, na Teméria, minha convalescença será longa. Embora meu corpo se regenere mais rápido que o normal, aquele maldito réptil quase acabou comigo. Suas garras atingiram meu tríceps braquial direito, e os espinhos da cauda perfuraram boa parte do meu grande dorsal. Cortes da largura de um polegar. Nem vou mencionar a profundidade. O pior são os tendões. Alguns minutos a mais e eu teria perdido o uso do braço. Um tipo de sequela que não facilita a vida de um bruxo. Que a condena.

Já faz vários dias que a cicatrização está progredindo bem, apesar das manchas escarlates que ainda tingem meus curativos.

Eliminar os últimos vestígios da neurotoxina que o monstro injetou é outra história. Apenas o tempo e o descanso poderão resolver isso. Felizmente, as sacerdotisas do templo me deram todo o papel de que eu precisava.

"Glória à Grande Melitele; que a bênção e as graças dela protejam sua obra!", repetiam incessantemente, insistindo para que eu não me exaurisse. Que assim seja. Cuidem das minhas feridas sem proselitismo. Religiões não são para mim. Pelo menos, não precisei explicar a elas o que estou tentando fazer. A piedade mantém a curiosidade a distância.

As palavras se alinham mais facilmente. Minha pegada na pena se torna mais firme, e esqueço o gosto amargo da anserina. Percebo que ainda não me apresentei. Meu nome é Ekaitz. Sou um bruxo da Escola do Lobo, uma das ramificações da nossa profissão que melhor resistiu às provações do tempo. Muitos anos se passaram desde que enfrentei a Prova das Ervas. Eu percorro o Continente de ponta a ponta, fazendo aquilo para que fui treinado: matar monstros em troca de dinheiro. Pois essa é – para quem não sabe – a missão de um bruxo.

Volto a observar as palavras mencionadas no início, que extraí do recente Monstrum, ou a descrição de um bruxo, *panfleto de autoria anônima que nos difama, a mim e aos meus companheiros. Tantas bobagens espalhadas por suas páginas. Tanto ódio dirigido a nós. Seria quase cômico, se as pessoas comuns não corressem o risco de levar essas palavras ao pé da letra. A diferença é fonte de preconceitos. Os tempos mudam, e a forma como somos percebidos piora constantemente. A primeira vez que li esse texto, lembrei-me das palavras de Nicodemus de Boot em suas* Meditações sobre a saúde, a felicidade e a prosperidade: *"A intolerância e a superstição sempre foram obra dos idiotas entre a plebe e, em minha opinião, jamais serão extirpadas, pois são tão eternas quanto a própria estupidez. Onde hoje se erguem montanhas, um dia haverá mares. Onde hoje as ondas se agitam, um dia haverá desertos. Mas a estupidez continuará sendo estupidez."*

Tudo isso só reforça meu desejo de escrever a obra que amadurece em minha mente há tantos anos. Uma luta por meio das palavras, em prol do conhecimento. Ainda assim, eu precisava encontrar tempo. O destino finalmente me obrigou, com garras e gritos de raiva. Se o ferimento não tivesse sido tão grave, eu teria retornado a Kaer Morhen. O outono está chegando ao fim, e não conheço lugar melhor para a tarefa que planejo, que ocupará todo o inverno. O vento que sopra no vale, sobre as pedras brancas de Gwenllech, sempre foi inspirador e fará falta.

Este caderno é um compêndio de informações destinado ao jovem bruxo. Ele o acompanhará durante seu aprendizado, alimentará suas reflexões, e o ajudará a esquecer o opróbrio e se lembrar da importância de seu papel. O Continente, sua história recente, seus povos e sua geografia são alguns dos temas que proponho para descoberta. Tomei o cuidado de incluir três elementos indispensáveis. Meu Physiologus *das criaturas de nossas terras, fruto de longos anos de observações, análises e compilações. Até hoje, não existe documentação mais atualizada sobre a evolução e as mutações das espécies conhecidas. Um manual de alquimia e um glossário do idioma comum para o idioma antigo, o* hen llinge, *oferecerão referências úteis.*

Não tenho dúvidas de que este trabalho também permitirá desmistificar esta nossa profissão. Alguns eruditos encontrarão nestas páginas – caso venham a ser copiadas e difundidas – a oportunidade de superar os discursos de ódio que proliferam. Isso talvez os leve, mais tarde, a derrubar o véu do preconceito, da mentira e da manipulação. Pode parecer fútil aos olhos de alguns. Sorel, um dos meus mais antigos companheiros, inclusive comentou isso comigo no ano passado. Outros, mais eruditos do que eu, me criticarão por não ter seguido nenhum curso em uma academia digna desse nome. Isso não me importa. Em muitos assuntos, os conhecimentos dos bruxos estão na vanguarda e superam os saberes ultrapassados dos universitários, pois foram testados pela experiência e pelo sangue. Se algum dia nos acontecer uma desgraça, talvez este texto sobreviva como fragmento da nossa memória. Admito também uma razão mais prosaica e egoísta. Vejam, todos os bruxos têm sonhos. O primeiro desses sonhos, e não o menos importante, seria não morrer em sofrimentos demasiadamente horríveis. Todos também cultivam outros sonhos, do qual nunca falam. No meu caso, teria sido me tornar um bardo ou escritor, talvez até os dois, se eu não tivesse me tornado um bruxo. Em vez de empunhar a lâmina, dedilharia as cordas e manejaria a pena. Entendam: este escrito é uma afronta ao meu próprio destino.

Um espasmo sobe até o meu trapézio, e quase estrago tudo o que acabei de escrever ao derrubar a tinta. É hora de descansar. Será uma oportunidade para organizar minhas ideias e pensar na melhor maneira de continuar.

Jovem bruxo que lê estas linhas, nunca se esqueça: é o conhecimento que o manterá vivo, muito mais que sua lâmina, pois é ele que lhe dirá onde cravá-la.

Os outros, cultivem a tolerância, pois, sem os bruxos, vocês ainda se esconderiam atrás de suas muralhas ao cair da noite, temendo por suas vidas.

I

O Continente

* * *

Como a maioria dos meus irmãos que sobreviveram à Prova das Ervas, manejar a espada me interessava mais do que tratados intermináveis. Poucas coisas são tão enfadonhas quanto as lições sobre terras que só podemos imaginar e povos que por muito tempo não encontraremos. Por outro lado, alguns apreciavam sinceramente essas aulas. Era o caso de Sorel, que, no início, sentia saudades de sua Rívia natal. Eles viam nessas apresentações a oportunidade de escapar do vale com a mente, para além do rio das Pedras Brancas e dos montes Azuis, esquecendo as contusões, o sangue e o frio.

Foi apenas mais tarde, por causa de certos encontros, bons ou ruins, que compreendemos por que os mestres insistiram tanto nessa parte do nosso aprendizado. O que antes nos parecia supérfluo, na verdade nos dava o poder de evitar os perigos do mundo. O ignorante sempre se destaca por seus erros e sua estupidez. Ele é rápido em se perder, ofender ou se deixar manipular. Falo por experiência própria. Dizer a um elfo que os humanos são os fundadores de certas cidades, como Cintra, certamente garantirá o ressentimento dele. Com isso, você perde sua hospitalidade e acaba dormindo ao relento.

"Os veios de prata estavam no coração da montanha muito antes da chegada das chuvas e dos trovões, e ainda estarão lá muito depois."

Provérbio de Mahakam

Nas origens do Continente

Compreender o mundo, as linhas gerais de sua história, sua geografia e os povos que o habitam é uma etapa essencial da formação de um bruxo. Esse ensinamento é um dos primeiros a ser transmitido a ele – em paralelo com a instrução da leitura e da escrita. É o que o ajuda a apreender a imensidão do Continente, a perceber sua complexidade e diversidade. Quando chega o momento de deixar o lar, o bruxo parte para as estradas com a prudência de um viajante experiente. Os caminhos que percorre e os encontros que faz complementam essa teoria.

Todo jovem bruxo que passa da teoria à prática amplia seu conhecimento do mundo por meio da experiência. É inevitável, o único meio de aguçar seu discernimento e compreender com mais clareza seu papel e lugar neste universo.

Quais foram os primeiros povos a pisar nestas terras? Essa questão continua a agitar os debates dos eruditos da academia de Oxenfurt. É ainda mais difícil dar uma resposta clara porque os povos conhecidos são, afinal, bastante recentes em relação à história global deste mundo. Foram necessários milhares de anos, talvez até milhões, para a formação destas terras, das quais reis e senhores se acreditam donos. Por que, então, encontramos fósseis de criaturas marinhas aprisionados na rocha em Kaer Morhen, o reduto dos bruxos, cujo nome no idioma antigo, Caer a'Muirehen, significa "a fortaleza do Antigo Mar"? Os seres que ali vivem são apenas um piscar de olhos na história desses lugares, que já passaram por mudanças inimagináveis e ainda passarão por muitas outras, como algumas profecias anunciam.

Na ausência de estudos sérios e aprofundados sobre o assunto, é preciso se contentar com uma cronologia recente, já suficiente para gerar controvérsias. Traçar as linhas gerais da história do Continente e de seus diversos povos é uma tarefa árdua. As fontes confiáveis são escassas e muitas vezes se contradizem. Alguns trabalhos notáveis são úteis para essa questão, pois se esforçaram para ser imparciais e consultar fontes que não fossem exclusivamente da história de sua própria raça. É o caso de Roderick de Novembre, cujas obras estão entre as mais aclamadas. Elas permitem distinguir entre os "povos antigos", cuja presença pode ser estimada em vários milhares de anos, e aqueles que chegaram mais recentemente às costas, antes da Conjunção das Esferas ou graças a ela.

Para muitos, foram os gnomos os primeiros a pisar no Continente. É difícil saber se os vrans ou os bobolacos não os antecederam. Pode-se supor que naquela época eles estavam presentes em toda parte, e não apenas nas montanhas que hoje constituem seu principal lar. Após eles, surgiram os anões e os halflings. Segundo esses povos, nenhum conflito significativo manchou sua coexistência – muito pelo contrário. Isso talvez explique por que anões e gnomos convivem e se associam desde então com tanta facilidade.

O mundo daquela época não se assemelhava em nada com o de hoje. As paisagens e o ecossistema não eram tão amplamente modificados pelo desenvolvimento das cidades humanas, da agricultura e da urbanização crescente. As populações, longe de serem tão numerosas quanto atualmente, não haviam expandido sua influência por todos os lugares. Elas evoluíam em ambientes preservados, com uma periculosidade moderada em comparação ao que a Conjunção das Esferas imporia mais tarde. Florestas primárias se estendiam até onde a vista alcançava, virgens e selvagens, indomadas. Cada viagem era uma nova expedição que permitia mapear com mais precisão os territórios inexplorados.

Depois, desembarcaram os elfos em seus navios de nácar. Ninguém soube – e ainda não se sabe – de onde eles vinham. Segundo os relatos de seus sábios e de alguns eruditos humanos, foi o uso do Caos que lhes permitiu deixar seu mundo antigo para alcançar o Continente. Eles teriam viajado graças ao domínio do processo que, mais tarde, fundamentaria a Conjunção. Por uma razão desconhecida, esse domínio acabou se perdendo entre os elfos Aen Seidhe e sua descendência.

Algumas teorias sugerem que os elfos não se deram bem com as primeiras raças, em particular com os anões. No entanto, essas são apenas hipóteses, que nenhum relato sério comprovou. Houve divergências, mas nenhum conflito significativo eclodiu. O que é certo, porém, é que eles não se misturaram. Devido à incrível longevidade de sua raça, os elfos prosperaram e se espalharam pelo Continente. Ao longo dos séculos, construíram várias cidades majestosas, presentes desde a costa do Grande Mar até o interior, ao pé das Montanhas Azuis.

A Conjunção das Esferas

As explicações detalhadas sobre esse evento ocorrido há cerca de mil e quinhentos anos são quase inexistentes. Os habitantes daquela época tinham prioridades mais urgentes do que registrá-lo. Eles lutavam pela própria sobrevivência. A Conjunção das Esferas é o maior cataclismo conhecido pela memória de gnomos, anões, elfos ou qualquer outra raça. Ela varreu todo o Continente, alterando de forma duradoura e profunda o seu equilíbrio.

A Conjunção das Esferas provocou uma irrupção caótica que resultou na abertura do que os elfos chamam de Ard Gaeth, a Grande Porta. Trata-se de uma rede de conexões invisíveis entre inúmeros mundos. Diversos tipos de monstros perigosos provenientes de outras realidades se espalharam pelo Continente. Eles rapidamente desequilibraram os diferentes nichos ecológicos já existentes, adaptando-se com facilidade ao novo ambiente. O próprio Caos se disseminou, tornando possível a magia, que até então era inexistente nestas terras.

Foi devido a essa catástrofe que os humanos deixaram seu mundo devastado, a bordo de quatro navios, os Barcos dos Exilados. Eles aportaram na foz do Iaruga e no delta do Pontar. Liderados pelos reis lendários Dezmod, Sambuk e seu herdeiro Radowid I, chamado o Grande, além de Abrad, o Velho Carvalho, fundaram os três reinos originais a partir dos quais a raça humana pôde prosperar. Os primeiros momentos de sua história foram marcados por uma incapacidade de formar uma unidade. Motivadas pela sede de poder, lutas incessantes os colocaram em confronto. Logo expandiram seus conflitos para todo o Continente e contra as outras raças.

Primeiros momentos e primeiras coabitações

Impulsionados por um espírito de conquista, os humanos avançaram pelo interior das terras, paralelamente aos conflitos que enfrentavam. Um espírito resolutamente belicoso os levou a desalojar os povos que não os recebiam de braços abertos ou com os quais não se

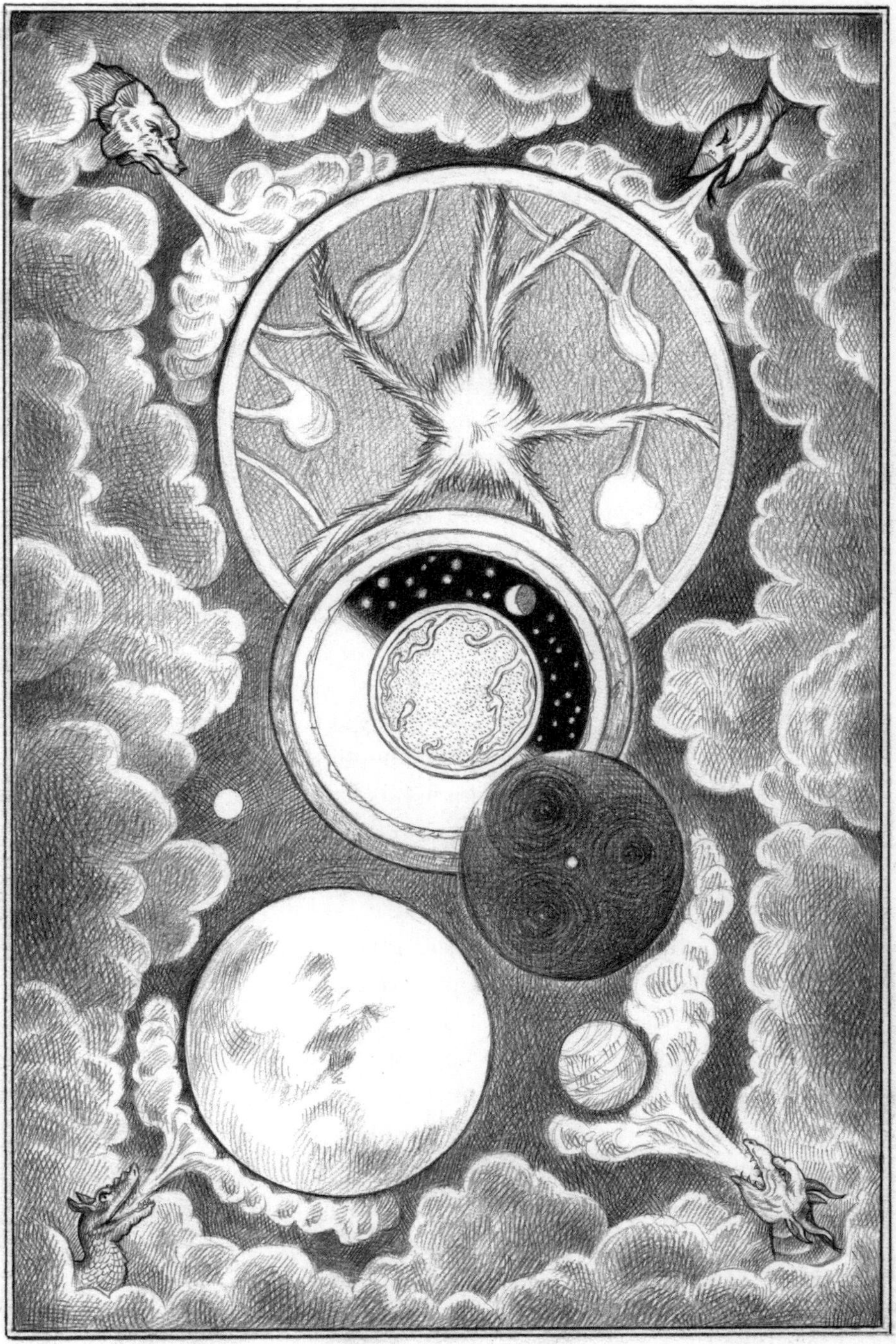

viam convivendo. Os vrans e os bobolacos foram, por essa razão, os que tiveram de enfrentar os conflitos mais violentos e frequentes, sendo forçados a se refugiar mais profundamente nas Montanhas de Amell, no coração de Mahakam, ou na cadeia do pico da Pústula. Essa perseguição explica, pelo menos em parte, por que hoje é tão raro encontrar representantes dessas espécies.

> *"Rio acima, vimos suas cidades de formas delicadas, como se fossem tecidas na neblina matinal da qual se destacavam. Parecia-nos que desapareceriam no mesmo instante, levadas pelo vento que ondulava a superfície da água. Havia pequenos palácios, brancos como flores de lírio-d'água; pequenas torres que pareciam feitas de hera trançada; pontes que flutuavam ao vento como salgueiros-chorões."*
>
> Hen Gedymdeith, *Os elfos e os humanos*

Os elfos, por sua vez, fizeram tudo o que puderam para evitar conflitos. Um povo orgulhoso e pouco inclinado à mistura, abandonaram suas magníficas cidades e seguiram em direção ao leste selvagem. Naquela época, estavam convencidos de que essa era de conquistas seria apenas uma etapa do desenvolvimento da civilização humana, que logo se acalmaria. Subestimaram, no entanto, a vontade de dominação dos humanos. Muitas das maiores e mais conhecidas cidades humanas foram, na verdade, construídas sobre antigas cidades élficas abandonadas. Oxenfurt, Cintra, Tretogor, Maribor, Wyzima e Aedd Gynvael são provas claras da expansão dos humanos sobre terras élficas. Houve confrontos, mas nenhum teve tanto impacto quanto os de Loc Muinne e Est Haemlet.

Antes de falar dessa tragédia, convém mencionar o lendário Geoffrey Monck, um dos magos mais renomados entre os humanos. Ele estava entre os fundadores do Capítulo dos Talentos e das Artes e participou da célebre União de Novigrad, que resultou na implementação de um tratado estabelecendo a separação entre magia e Estado, trazendo a calma de volta à cidade. Determinado a desenvolver os talentos mágicos de seu povo, ele levou várias crianças, chamadas de Fontes, até os elfos de Loc Muinne para convencê-los a treiná-las.

Os elfos, conciliadores, aceitaram. O mito conta que eles confiaram os jovens humanos aos cuidados de Aen Saevherne, um Erudito.

Apesar desse ato de generosidade, o marechal Milan Raupenneck da Redânia, cuja frase favorita era "Elfo bom é elfo morto", cometeu, alguns anos depois, um crime indescritível com suas tropas na cidade. Até aquele dia, a história dos humanos e dos elfos não registrava atos de tamanha violência e crueldade. Todos os elfos, fossem mulheres ou crianças, foram massacrados, o que transformou Loc Muinne e Est Haemlet em horríveis campos de extermínio.

Essa traição marcou profundamente o coração dos elfos, que perceberam, tarde demais, seu erro em relação aos humanos. Estes haviam se multiplicado e se espalhado tanto que pegar em armas significaria correr para uma morte certa. Sua superioridade numérica se tornara esmagadora. Os anciãos, que lideravam os Aen Elle, preferiram adotar a política de terra arrasada à de retaliar. Continuando a fugir, não deixaram para trás nada além de ruínas, destruindo suas antigas cidades.

Essa não era a visão de Aelirenn, conhecida pelos anões e humanos como Elirena. Essa jovem elfa preferia lutar a destruir os gloriosos edifícios de seu povo. Sozinha, conseguiu inspirar outros jovens elfos a enfrentar os humanos e liderou uma batalha feroz, embora fadada ao fracasso. O confronto final ocorreu em Shaerrawedd, onde ela encontrou a morte, junto com todos os que decidiram segui-la. Por esse ato, ela se tornou um símbolo, e seu apelido, "a Rosa Branca de Shaerrawedd", ainda ecoa nos lábios dos elfos como uma esperança de liberdade.

A maioria dos elfos, então, exilou-se definitivamente nas montanhas selvagens. Desde então, um equilíbrio precário se estabeleceu entre os humanos e as outras raças do Continente. Esses eventos ocorreram há cerca de cento e cinquenta anos. Atualmente, é possível encontrar elfos, anões, gnomos e halflings nas cidades humanas, embora vrans e bobolacos sejam muito mais raros. Os casamentos mistos, principalmente com as primeiras raças, tornaram-se comuns. No entanto, persiste entre os humanos um impulso de dominação, evidenciado regularmente pelos pogroms que ocorrem nas cidades.

Os povos do Continente

Além das forquilhas e tochas que às vezes se voltam contra nós e os outros não-humanos, meu mestre, Rawat, com quem passei muito tempo durante a juventude, falava longamente do risco do desânimo. Aquele que nos leva a questionar a necessidade de nossas ações.

"Não somos como esses cavaleiros da Ordem da Rosa Branca", explicava. "Não adicionamos moralidade ao que fazemos. Pode ser que, ao matar o monstro, estejamos protegendo outro monstro, mas não cabe a nós fazer esse julgamento."

Os conflitos inter-raciais exasperavam Rawat. Sempre que ouvia falar de um pogrom, seu sangue fervia. Ele sentia que era um desperdício terrível. Aos seus olhos, já havia problemas suficientes a enfrentar com monstros, questões de fome e outras dificuldades sociais, sem a necessidade de se dilacerar mutuamente. Essa era uma atitude bastante singular para um bruxo, bem diferente do distanciamento que nos é habitual. Durante anos, ele conviveu com anões e gnomos perto de Mahakam. Nunca deixava de mencionar, à beira da fogueira, com um caneco de cerveja na mão, como a união de dois povos, em vez de sua oposição, poderia ser benéfica. Apesar disso, com um gosto amargo na boca, ele continuava matando monstros. Tal devia ser o curso do mundo.

Os bruxos experientes nunca deixam de lembrar aos jovens lobos: as disputas inter-raciais são eternas. Elas existiam antes da chegada dos humanos e continuarão muito depois deles. Diante dessa constatação, surge um risco: o perigo do desânimo. Se, no fim das contas, esses seres se dilaceram entre si, por que se esforçar para protegê-los, exterminando um mal externo? Eles não merecem ser presas de criaturas ainda mais malignas? Certamente que não. Isso seria acreditar que entre eles só existem loucos e sanguinários.

Esse desânimo deve ser combatido. Só se pode recomendar aos jovens bruxos que apreciem sua solidão. Que ignorem esses conflitos, a aversão da qual são alvo, e que permaneçam em si, consigo. A solidão é sua aliada. Graças a ela, poderão escapar do ciclo de ódio e ganhar o distanciamento necessário para cumprir sua missão. Afinal, de que vale tentar se impor em um lugar onde se cospe em você? O caminho para alcançar isso é longo. Primeiro, é preciso conhecer os povos, conviver com eles para aprender o máximo possível, e então estabelecer a distância necessária.

Os humanos

Presentes de Kovir até Nilfgaard, os humanos – *dh'oine* no idioma antigo – espalharam-se por todo o Continente em poucas centenas de anos para estabelecer sua dominação. Ao longo do tempo, seus reinos se estruturaram, se consolidaram e se expandiram, geralmente após conflitos sangrentos. Os humanos têm uma natureza visceralmente conquistadora e territorial. Desde o Primeiro Desembarque, não cessaram de ampliar sua influência sobre todas as terras acessíveis, sejam elas inexploradas ou já ocupadas. Raramente toleraram concessões aos outros povos. Essa atitude belicosa tem como principais vítimas os próprios humanos, dada a quantidade incontável de mortos que a sede de poder provoca entre seus próprios membros.

Os costumes e tradições variam muito de uma região para outra. Não se age da mesma forma nas ilhas de Skellige e no interior do Império de Nilfgaard. Esse é um ponto importante a se ter em mente, primeiro para não cometer gafes, depois para evitar se envolver em uma crise regionalista. Traçar um retrato detalhado de cada região e suas particularidades seria longo demais. Os humanos têm a infeliz tendência de buscar se diferenciar por qualquer coisa. Vários livros tentaram documentar essas distinções, e só se pode recomendar aos jovens bruxos que consultem os trabalhos de Roderick de Novembre, já mencionado, bem como os de Syva Léonide.

Descrever a aparência de um humano para um bruxo seria inútil, já que ele próprio era humano antes de passar pela Prova das Ervas e por suas mutações. Contudo, vale mencionar que, após a Conjunção das Esferas, a espécie humana passou a ser capaz de dominar o Caos, a magia. Essa habilidade, longe de ser acessível a todos, manifestou-se em certos indivíduos dando origem às Fontes – receptáculos poderosos do Caos –, como as crianças que Geoffrey Monck mandou serem treinadas pelos elfos. Os magos e druidas são as figuras mais comumente associadas ao Caos.

O futuro da humanidade parece estar traçado. Devido à sua curta existência, e diferente de outros povos como os elfos, os humanos continuarão a se multiplicar e se espalhar em número crescente. Há quem fale em proliferação. Talvez chegue o dia em que alguns irão relembrar as antigas lendas que contam por que os humanos deixaram seu mundo. Recordarão que foi para fugir de um lugar que eles mesmos devastaram até torná-lo inabitável. Um destino semelhante os aguarda aqui. Nos arredores das cidades mais populosas – por exemplo, em Novigrad –, a presença humana já causou grandes mudanças no ambiente. Algumas espécies, como o monstruoso aeschna, conseguiram se adaptar às consequências da urbanização; outras não tiveram a mesma sorte.

Os elfos

Na sua própria língua, os elfos são chamados de Aen Seidhe, que significa "povo das Colinas". Lendas antigas mencionam outro povo originário do mesmo mundo que eles, com o qual mantinham relações no passado. Esse povo seria chamado de Aen Elle, "povo dos amieiros". Será que eles realmente existiram? É impossível saber, pois, diferente do povo das Colinas, acredita-se que tenham se estabelecido em outro mundo. Os Aen Seidhe, se possuem memória ou provas disso, nunca buscaram compartilhá-las com outras raças. Apesar dos casamentos mistos com os humanos, os elfos estão em declínio há muitas décadas, lutando para recuperar sua demografia fragilizada após o sacrifício de parte significativa de sua jovem população.

O apogeu da civilização élfica ocorreu há vários séculos, muito antes da Conjunção das Esferas e da chegada dos humanos. As cidades élficas que outrora se erguiam no Continente eram magníficas, verdadeiras obras-primas de arquitetura e arte, cuja beleza se fundia perfeitamente com a natureza. Os Aen Seidhe sempre prezaram pela harmonia e equilíbrio. Não é por acaso que as cidades humanas já mencionadas foram construídas como complemento ou sobre os restos dessas joias. Basta uma visita a Oxenfurt para constatar o talento dos antigos construtores élficos. Por outro lado, as cidades destruídas foram há muito tomadas pela vegetação. Algumas – como é o caso de Shaerrawedd – se tornaram locais de peregrinação para os mais velhos e também para os mais jovens, que ali descobrem as cicatrizes do passado.

Os elfos sempre pareceram se sentir superiores às outras raças. Essa é uma percepção compartilhada por todos os povos que tiveram a oportunidade de conviver com eles. Essa atitude se deve a vários fatores, começando pela longevidade de sua existência. Na verdade, faz sentido: para indivíduos capazes de viver várias centenas de anos, os humanos e outras raças parecem crianças, mesmo quando chegam ao fim de suas curtas vidas. Soma-se a isso o orgulho de seu povo e de seus conhecimentos. Enquanto outros priorizam o apetite por guerra, os elfos colocam a erudição, o refinamento e a sabedoria acima de tudo.

Essa atitude, que beira a arrogância, foi frequentemente usada pelos humanos como justificativa para os conflitos que travaram contra os elfos. Discursos evidentemente desonestos que não podem servir de desculpa para os massacres cometidos. Contudo, não se deve pensar que os elfos são um povo pacífico e incapaz de lutar. Eles contavam, e ainda contam, com vários guerreiros formidáveis. Além disso, embora seja difícil percebê-lo hoje em dia, os elfos são o povo com maior afinidade para a magia e conhecimento do tema. Foram eles que ensinaram os primeiros humanos a canalizar o Caos, evitando que esse poder os destruísse.

Os anões

Os anões percorrem as terras e montanhas do Continente há séculos. Esses grandes mineradores e ferreiros foram os que melhor souberam – ou puderam – se adaptar às mudanças causadas pela Conjunção e pelo desembarque e expansão dos humanos. É comum encontrá-los nas grandes cidades humanas. Sua presença é tolerada e, às vezes, até respeitada, pois conseguiram se ajustar ao modo de vida, à cultura e aos costumes humanos sem perder sua própria identidade. Isso não os impede de serem alvo de desconfiança e ódio. No entanto, seus talentos como guerreiros e sua tenacidade desanimam os menos combativos. Os outros aprendem o verdadeiro significado da palavra ferocidade.

Menores que os humanos, os anões possuem uma força igual ou até superior à deles. Eles usam barbas compridas, que trançam em ocasiões especiais. De acordo com a tradição, um anão só atinge a maturidade quando sua barba chega à altura do cinto. Não se sabe que critério se aplica às anãs. Por uma razão ainda desconhecida, eles protegem as mulheres ferozmente, convencidos de que os outros povos tentariam conquistá-las. De temperamento forte, não gostam de ser pisoteados – expressão que pode ser entendida tanto no sentido literal quanto no figurado. Podem ser suscetíveis, mas também leais, unidos e corajosos.

É no maciço de Mahakam, onde mantêm seu principal reduto há séculos, que os anões são mais numerosos. Embora esteja vinculado à Teméria e sob o governo do rei da região, Mahakam desfruta, na prática, de certa autonomia, devido à economia próspera, baseada na mineração e na metalurgia. Um starosta, escolhido entre os anciãos pelos próprios anões, governa com mão de ferro um sistema clânico altamente organizado. Cabe a ele a tarefa de assegurar a continuidade das grandes famílias e manter uma neutralidade em relação ao resto do mundo. Graças às suas cidades inexpugnáveis e às indústrias essenciais, os anões conseguem exercer uma pressão econômica incomparável para proteger seus interesses.

Nas suas montanhas, os anões convivem sem dificuldade e sem ressentimentos com os gnomos. Assim, podem se dedicar à exploração das minas enquanto usufruem das tecnologias que estes compartilham com eles. Muitos anões, especialmente aqueles cujo destino não oferecia outra perspectiva senão passar a vida nas minas, preferiram deixar seus lares, movidos pelo desejo de maior liberdade. Espalharam-se pelo Continente, onde exercem diversas profissões – ferreiro, mercenário, guarda-costas, assassino de aluguel, comerciante ou até banqueiro. São construtores excepcionais, com a habilidade única de esculpir e lapidar a pedra como ninguém. Suas cidades subterrâneas são deslumbrantes.

Os gnomos

Considerados um dos povos mais antigos do Continente, os gnomos passaram a conviver à vontade com os anões. Seus modos de vida semelhantes parecem ter facilitado a aproximação e a solidariedade entre eles. Assim, sempre puderam se apoiar em tempos de conflito, como durante a chegada dos elfos, com quem tiveram que negociar para evitar desentendimentos, e também na época da chegada dos humanos, com seus desejos expansionistas. É raro encontrar uma cidade anã que não abrigue gnomos. Mahakam é, até hoje, a que os acolhe em maior número.

Os bruxos menos instruídos, aqueles que ainda não tiveram a oportunidade de viajar o suficiente para encontrar gnomos, podem acabar confundindo-os com anões. Essa confusão se deve, em primeiro lugar, à sua altura. No entanto, os gnomos são menos robustos e usam barbas curtas. Suas características mais distintivas são o nariz, muito mais comprido, e os dentes pequenos e pontudos. Embora não tenham a mesma força dos anões, eles se destacam pela resistência e agilidade. Além disso, são seres extremamente inteligentes, responsáveis por diversas invenções, primores de engenharia que despertam a inveja das outras raças.

Com o passar do tempo – talvez devido à proximidade com os anões –, os gnomos organizaram suas sociedades com base em um sistema clânico. No entanto, seu funcionamento é menos autoritário do que no caso dos anões. As decisões são tomadas por assembleias compostas pelos mais sábios ou mais velhos. Embora se entendam melhor com os anões, os gnomos também conseguem se integrar a outras raças, sendo perfeitamente possível encontrá-los em cidades humanas. Nessas cidades, eles aprenderam a ignorar o olhar desconfiado da raça mais jovem.

Os gnomos são detentores de inúmeros segredos e saberes. Eles exercem várias profissões, frequentemente em colaboração com os anões, como na área bancária ou na joalheria. Seus talentos artesanais são renomados por todo o Continente, especialmente na ourivesaria e metalurgia. Foram eles que criaram a espada mais famosa, a gwyhyr, inimitável e hoje praticamente inexistente. Seus avanços tecnológicos, muito superiores aos das outras raças, lhes permitem trabalhar o metal com precisão e maestria incomparáveis.

Os halflings

Também conhecidos como hobbits, os halflings são um povo discreto, que valoriza a tranquilidade do lar. Ao longo dos séculos, encontraram lugar ao lado dos diferentes povos. Sua habilidade de evitar conflitos e concentrar-se nas próprias terras certamente contribuiu para isso. Em vez de se tornarem necessários para os humanos por meio de suas atividades, garantem a indiferença destes para poderem continuar levando uma vida pacata. Considerados um povo antigo, parecem ser atualmente bem menos numerosos do que no passado, embora isso seja difícil de confirmar. Eles estão presentes por todo o Continente.

Menores que os gnomos e os anões, os halflings se distinguem por sua aparência mais rechonchuda, cabelos castanhos cacheados e característicos pés grandes e peludos, que fazem questão de exibir, já que não costumam usar sapatos. É raro encontrar guerreiros entre eles – a menos que a habilidade de esvaziar um barril de cerveja ou de fumar alegremente erva-de-cachimbo por horas seja considerada uma arte marcial. Ainda assim, é melhor não subestimá-los, pois sua gentileza natural e sua boa disposição não significam que aceitarão de bom grado serem insultados ou maltratados.

Os halflings não possuem sociedade própria. Eles formam comunidades dentro de vilas e cidades, muitas vezes se agrupando em bairros específicos. Para eles, não é necessário se misturar com os outros; é preferível deixá-los em paz e, em troca, não ser incomodados. Enquanto os gnomos e anões trabalham com minérios, utilizando suas tecnologias e segredos, os halflings defendem a simplicidade. Eles apreciam o trabalho com a terra, a agricultura e a criação de animais, atividades que praticam com entusiasmo e experiência. Em muitos lugares, tornaram-se indispensáveis justamente dessa maneira.

Os bobolacos

Também são conhecidos como homens-marmotas ou marmotins devido à aparência peluda. Velhas lendas atribuem a eles capacidades de metamorfose – razão pela qual às vezes são apelidados de "bebetropos". Trata-se de uma mistificação, pois esta raça não possui qualquer ligação ou semelhança com criaturas capazes de se transformar, tais como os licantropos ou teriantropos. Expulsos de seus territórios inicialmente pelos elfos e depois pelos humanos, sua civilização está, indiscutivelmente, em declínio. Alguns chegam a afirmar que está à beira da extinção.

Um pouco maiores que os anões, os bobolacos têm o corpo coberto por uma espessa pelagem escura. Eles possuem olhos estreitos e dentes pequenos e pontiagudos que os diferenciam claramente dos outros não-humanos. É essa aparência próxima à de um animal que motivou a rejeição por parte dos elfos e dos homens. São seres dotados de uma força prodigiosa, muito superior à da maioria dos humanos, e que demonstram grande agilidade, apesar de seu tamanho reduzido.

Os bobolacos sempre tomaram cuidado com o equilíbrio da natureza, extraindo apenas os recursos necessários para sua sobrevivência, com a intenção de viver em paz. Isso levou alguns ao longo dos séculos a apresentá-los como criaturas primitivas e ignorantes, atiçando o fogo dos conflitos e preconceitos inter-raciais. Diversos relatos ofensivos e de ódio – em sua maioria escritos por indivíduos que nunca conheceram um representante da espécie – também apontaram a falta de organização em suas sociedades, baseadas em clãs e tribos, a arquitetura pouco desenvolvida e, ainda, as ambições simples.

É muito raro encontrar um bobolaco. Os últimos membros de sua raça estão refugiados nas montanhas, de onde jamais descem.

Pode-se encontrá-los nos montes Azuis, nos montes do Dragão e no maciço de Tir Tochair, onde permanecem afastados das atividades humanas. Um encontro desses é sempre um momento de grande tensão. Os bobolacos que não optaram por se integrar às sociedades humanas costumam ser imprevisíveis. Seu ressentimento em relação às outras raças é, às vezes, tão profundo que os torna agressivos e perigosos. É melhor agir com prudência, humildade e respeito, pois os bobolacos também podem ser aliados valiosos devido ao seu conhecimento do mundo.

Os vrans

Os vrans estão entre os seres dotados de inteligência mais enigmáticos do Continente. Isso se deve essencialmente à iminência de seu desaparecimento e à escassez de informações disponíveis sobre eles. É ainda mais difícil encontrar um vran do que um bobolaco, a tal ponto que os relatos sobre eles divergem. Alguns os descrevem como grandes répteis; outros falam de serpentes dotadas de duas patas; há até aqueles – mais distantes da realidade – que os apresentam como uma prole dracônica, um cruzamento entre alguma espécie humanoide e dragões.

O único elemento comum a todas as descrições desses seres diz respeito aos seus grandes olhos cor de rubi, que ocupam parte significativa da cabeça. Além disso, eles realmente têm a aparência de grandes répteis bípedes, e várias subespécies dos confins de Korath apresentam um pescoço que se alarga e forma um capuz que lembra certos tipos de serpentes. O mesmo ocorre com sua cauda comprida. Mais altos que os humanos, eles possuem um corpo musculoso, coberto por escamas muito duras de cores variadas ou por uma pele flexível e áspera.

Hoje, é impossível saber como eram organizadas as sociedades dos vrans no auge de sua civilização. Os últimos representantes de sua raça são, de fato, extremamente raros e, assim como os bobolacos, se escondem nas montanhas. Alguns chegaram a especular que, ajudados por sua fisionomia, muitos deles teriam fugido dos conflitos promovidos pelos elfos e pelos humanos e deixado os limites do mundo conhecido. Assim, teriam buscado refundar sua civilização ameaçada para além dos montes Azuis e do maciço de Tir Tochair.

Vestígios de sua glória passada permanecem nas ruínas espalhadas por todo o Continente. A ideia de que os vrans, devido à natureza reptiliana, sempre teriam preferido as regiões do Sul, com climas mais quentes, ou mesmo áridos, é errada. Sinais de sua presença são visíveis ao longo dos montes do Dragão, de Poviss até a extremidade oriental. Fala-se de estruturas piramidais feitas de pedra bruta, com aspecto primitivo, ou de numerosos hábitats trogloditas escavados nas montanhas com uma habilidade comparável à dos anões. Alguns relataram ter descoberto uma rede interminável partindo dessas habitações e se aprofundando nas entranhas da terra.

* * *

O contador de histórias dentro de mim já sonhou com as extensões além dos montes do Dragão e dos montes Azuis, muito além das estepes áridas de Korath. O Continente, como é conhecido há séculos, é apenas uma porção de um conjunto muito maior, que nossas tecnologias atuais ainda não nos permitiram explorar. Quais terras ainda restam a descobrir? Que povos, criaturas e monstros nos esperam lá? Tome um momento para pensar nos outros mundos habitáveis revelados pela Conjunção, aqueles que apenas certa magia torna acessíveis, e dos quais tanto do que conhecemos provém, e pode muito bem sentir vertigem.

Sempre que surge a oportunidade, nunca deixo de contar aos jovens bruxos sobre a primeira vez que deixei a fortaleza. Foi anos depois de o pobre órfão que eu era ter sido levado para lá para passar pela Prova das Ervas. Por mais que os velhos lobos tivessem me ensinado a geografia do Continente, a disposição dos reinos, a vastidão que se abria diante de mim era estonteante. Nossa profissão nos leva ao nomadismo, nos conduz até onde a ameaça de um monstro aparece. Três pistas foram dadas a mim e a dois de meus irmãos, que também estavam terminando o aprendizado. Rumores indicavam que um terror assolava as alturas rochosas ao norte da academia de Ban Ard, em Kaedwen, sem maiores detalhes. Uma névoa mortal – certamente um nevoeiro assassino – estava causando problemas na região de Malleore, a oeste. Por fim, um bruxo da escola do Gato, que estava de passagem, nos informou sobre muitos necrófagos que assolavam o coração da Lyria. Isso ocorreu após a revolta soberanista em favor de Rívia, que havia ocorrido não longe de Scala, e que foi reprimida com sangue. Uma oportunidade para os carniceiros.

Esta última opção me pareceu a melhor. Era a mais distante e prometia a jornada mais longa. A perspectiva de explorar boa parte do leste me motivava. Sorel havia me incentivado bastante, contando e recontando com entusiasmo todas as lembranças de sua terra natal. Eu também planejava seguir para o sul, ao pé da Górgona, onde se localiza o ducado de Toussaint. Minha mente estava repleta de imagens criadas pelos relatos que Rawat havia me contado sobre aquele lugar. Meu desejo de observar essas terras mágicas era tão grande que eu estava disposto a percorrer várias centenas de léguas a pé e enfrentar sozinho uma horda de necrófagos.

Foi em Toussaint que, pela primeira vez desde a Prova das Ervas e algumas fases do nosso treinamento, eu vi a morte tão de perto. Ela tinha o curioso nome de Gustine. Uma cocatriz. Assim foi batizada pelos camponeses da aldeia que ela aterrorizava. Uma referência, ao que parece, a uma velha estalajadeira que havia envenenado metade dos bêbados da região alguns anos antes.

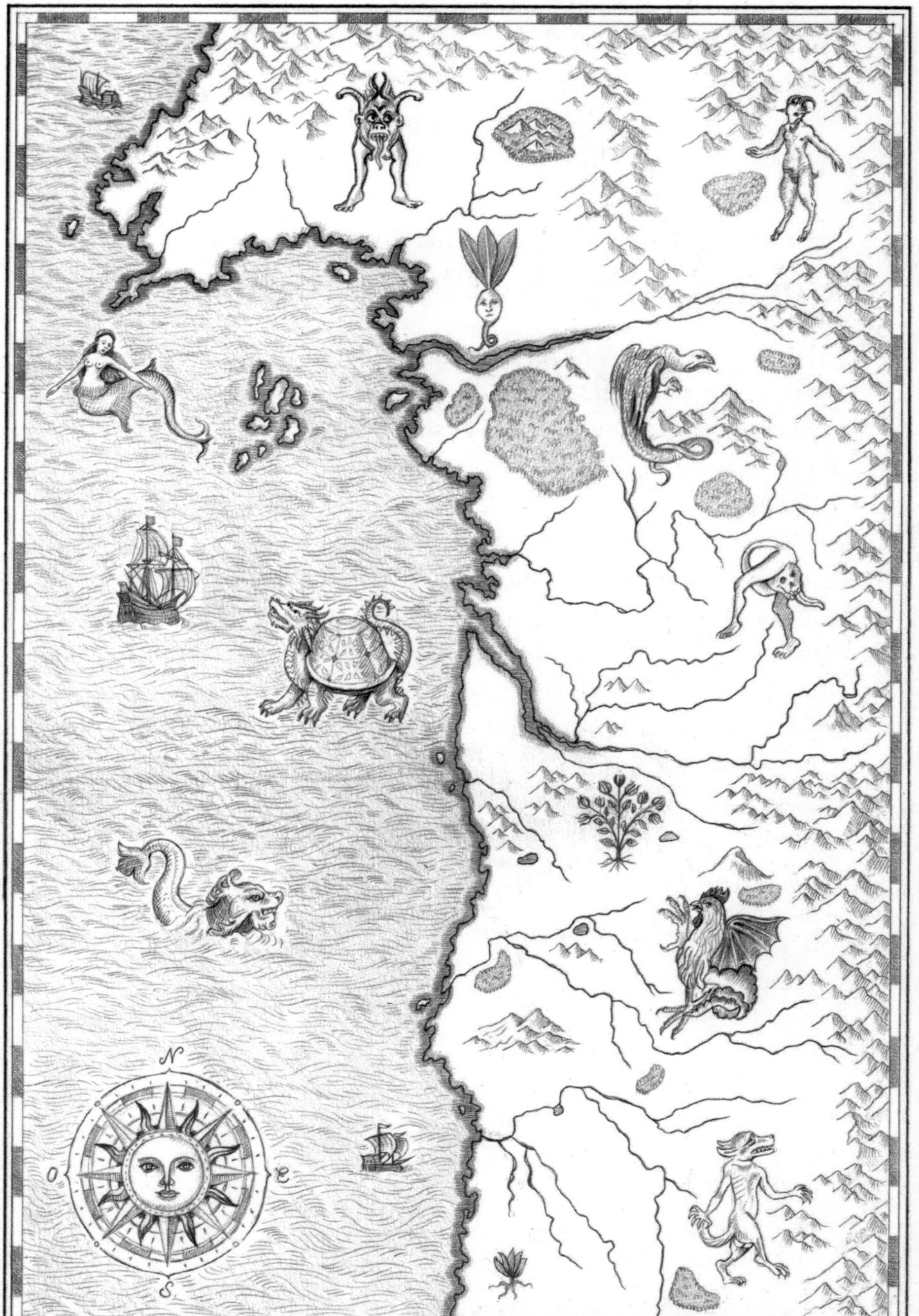
N
O
E
S

A geografia do Continente

O mundo é vasto. Com o passar dos séculos, os mapas ganharam detalhes à medida que as diferentes raças avançavam. Seus limites foram empurrados até os confins hostis que ninguém até agora conseguiu ultrapassar. O Continente é repleto de uma incrível diversidade de climas. E é ainda maior do que parece.

Os jovens bruxos têm fome de descoberta, esse desejo de percorrer o mundo para melhor compreendê-lo. Isso é digno de admiração. Ao término de seu primeiro ano de viagem, quando o bruxo que partiu nos primeiros dias da primavera retorna com os rigores do inverno a Kaer Morhen, ao cair das primeiras neves, não são suas cicatrizes que revelam o quanto ele viajou, mas sim o estado de suas botas e se ele precisou trocá-las.

Os principais reinos

Ao escrever esta obra, tinha a esperança de que ela pudesse atravessar as eras, sendo transmitida de bruxo a bruxo. Caso isso venha a ocorrer, é bastante possível que as fronteiras dos reinos conhecidos estejam destinadas a mudar. Ainda que eu me esforce para me ater à maior generalidade possível – cumprindo um dos deveres do bruxo, que discutiremos mais adiante, de não se envolver nos assuntos do mundo e considerar os reis como efêmeros –, a história provavelmente invalidará meus escritos em algumas décadas, talvez em poucos anos. Se isso acontecer, agradeço desde já ao bruxo zeloso que se dispuser a atualizar esta obra, para que as gerações futuras da escola possam ter uma visão do Continente suficientemente nítida e precisa.

Aedirn

Aedirn é um reino próspero no coração das terras do Continente. Sua capital é a famosa cidade de Vengerberg, reconhecida por suas guildas de mercadores, seus moinhos de malte, suas destilarias, seus teares e suas tinturarias. Este Estado desfruta de uma posição geográfica vantajosa graças às cadeias de montanhas que o cercam. Essas montanhas delimitam claramente parte de seu território e de suas fronteiras, restringindo as ambições expansionistas das nações vizinhas. Aedirn é ladeado pelas cristas de Mahakam a oeste, que o separam de Teméria; pelas cadeias dos montes Azuis, que marcam suas fronteiras orientais e limitam os acessos à Lyria e à Rívia, ao sul; e pelo reino de Kaedwen ao norte.

Essas disposições não evitam certas tensões, especialmente com este último reino. Há muito tempo, Aedirn e Kaedwen disputam a soberania sobre o Alto Aedirn, também chamado de Baixa Marca pelos kaedwenianos. As desavenças entre os reis frequentemente resultam em conflitos sangrentos e sucessivos. Uma lenda menciona outra ameaça: os elfos que habitavam essas regiões no passado teriam fugido para as inóspitas altitudes dos montes Azuis. Poucos se atrevem a explorar essas áreas, pois nem todos os que arriscaram retornaram.

A prosperidade de Aedirn não se deve apenas à localização geográfica. Seus territórios proporcionam uma economia florescente, que muitos invejam. O solo do reino, especialmente ao nordeste, em

Dol Blathanna, o vale das Flores, e ao pé dos montes Azuis, é incrivelmente fértil. Alguns atribuem essa riqueza aos efeitos da antiga magia dos elfos, cujo poder ainda agiria até os dias de hoje. A agricultura é abundante durante todo o ano. Os aedirnianos conseguem suprir suas necessidades e exportar os excedentes para os reinos vizinhos. Isso também permite um amplo desenvolvimento da pecuária.

O equilíbrio financeiro de Aedirn é reforçado pela extração, exploração e exportação de diversos minerais. O reino aproveita as montanhas que o cercam, ricas em rochas e pedras preciosas. Eysenlann, a oeste, ao pé de Mahakam, tornou-se famosa por suas refinarias, fundições de zinco e forjas de ferro. Em Guleta, a fundição e os altos-fornos operam em regime contínuo. Aldersberg também se destaca, com suas fundições de ferro e manufaturas de lã. Tudo isso faz de Aedirn um importante centro comercial dos Reinos do Norte no interior das terras, complementado pela proximidade das atividades dos anões em Mahakam.

Não é raro um bruxo encontrar trabalho em Aedirn, apesar da atividade humana, que forçou alguns monstros a migrar após terem seus nichos ecológicos destruídos. Ao cavar nas profundezas do mundo, os mineradores ocasionalmente se deparam com alguma criatura. As montanhas selvagens ainda são hábitats significativos. Certos monstros carnívoros, atraídos pelos pastos, causam regularmente grandes prejuízos. O mesmo ocorre com herbívoros, que, movidos pela fome, acabam se aventurando nos campos férteis.

Kaedwen

Neste reino, situado entre a cadeia dos montes Azuis, ao norte, e os montes do Dragão, a leste, encontra-se Kaer Morhen, a fortaleza dos bruxos da escola do Lobo. Trata-se da única escola cuja localização posso mencionar, ainda que de forma aproximada. Uma regra tácita estabelecida entre os bruxos do Continente me proíbe de revelar a localização das outras escolas, independentemente de seu estado de abandono. Alguns kaedwenianos conhecem a localização de nosso refúgio, mas poucos se atrevem a vir até aqui. Não nos queixamos disso. A discrição em relação a nossas práticas e a solidão são mais do que bem-vindas.

Devido a essa proximidade, Kaedwen constitui o primeiro terreno de caça para o bruxo que deixa seu lar em busca de aventura. Os montes do Dragão e as terras selvagens ao seu pé oferecem missões simples de serem realizadas em vilarejos rurais. A floresta central, que se estende a oeste de Leyd e permanece indomada, garante contratos firmados nessa mesma cidade. No entanto, o bruxo deve ficar atento à Academia. Embora nossa escola mantenha com ela uma relação respeitosa, tensões surgem ocasionalmente quando um mago, buscando aumentar sua reputação ao matar um monstro, invade nosso território. É sempre melhor resolver diplomaticamente qualquer desentendimento.

Kaedwen é o maior dos Reinos do Norte. É delimitado pelo pico da Pústula a oeste, que o separa da Redânia; pelos montes do Dragão ao norte; e pelos montes Roxos a leste. Ao sul, além do Pontar e do Liksela, encontra-se a Baixa Marca – ou Alto Aedirn –, cuja posse é disputada com seu vizinho ao sul, Aedirn. Sua capital é Ard Carraigh, que significa "Rochedo Elevado" na antiga língua. Depois de Poviss e Kovir, é uma das regiões com o clima mais rigoroso. Apesar disso, o reino possui uma economia estável e conseguiu adaptar a agricultura às condições adversas das regiões setentrionais.

Os kaedwenianos podem, por vezes, ser territoriais e chauvinistas. Isso se deve à história deste reino, marcada por confrontos passados com os elfos. Em muitos lugares, o ressentimento contra eles, assim como contra outros não-humanos, é intenso e frequentemente resulta em massacres irracionais. Vários bruxos suspeitam que o *Monstrum*, mencionado no prefácio, tenha sido escrito por um feiticeiro kaedweniano empenhado em defender a pureza original de sua nação. Ard Carraigh e Vattweir, aliás, foram os locais onde essa obra foi mais amplamente difundida. Generalizações são inimigas do bom senso, então é necessário esclarecer que o povo desta nação também pode ser hospitaleiro e generoso.

É em Kaedwen que se encontra a renomada academia de magia masculina, Ban Ard. Ser admitido como aprendiz é uma tarefa difícil, exigindo esforço e recursos financeiros. Este centro de ensino é conhecido por seu rigor – qualquer um que desrespeite as regras, determinadas exclusivamente pela Academia, é expulso imediatamente e deve deixar suas instalações. A magia é considerada uma arte cuja seriedade e essência esta instituição busca preservar. Concluir a formação em Ban Ard abre portas para posições importantes sob a tutela do Capítulo dos Talentos e das Artes. No entanto, a expulsão não significa necessariamente o fim de uma carreira. Os aspirantes rejeitados muitas vezes encontram trabalho ao serviço de certos reinos, integrando corpos diplomáticos ou servindo como membros regulares de exércitos. Alguns, porém, seguem caminhos mais sombrios, sendo recrutados como espiões, mercenários ou até mesmo bandidos.

"O ódio deles chegou a tal ponto que decidiram instintivamente que o extermínio era a única solução possível. Em alguns recantos do Buina, tentaram proibir o uso da palavra 'elfo', como se isso anunciasse o desaparecimento da própria raça. Matar a língua antes dos seres. Seus guerreiros exibiam orgulhosamente as orelhas que haviam cortado das vítimas, independentemente da idade. Pelo grau de putrefação, era possível deduzir há quanto tempo aquele que as carregava havia se comprometido com a 'pureza' do reino. Qualquer um que os protegesse, mesmo que humano, enfrentava um destino ainda mais terrível."

Hen Gedymdeith, *Os elfos e os humanos: A diferença na origem do conflito.*

Redânia

"Corsários inimigos estão perturbando o comércio em nossos rios. Para evitar serem reconhecidos, eles navegam sob bandeira kaedweniana. Consideramos necessário, para garantir a segurança da navegação e do rio Pontar, deixar de tratar esses corsários como simples bandidos e passar a considerá-los inimigos do Estado. Por essas razões, de nossa própria mão declaramos, ordenamos e proclamamos, com nossa plena autoridade real, que, a partir de agora, todo corsário que não possuir uma comissão legal será punido com a pena capital."

Declaração de Radowid III, o Bravo, rei da Redânia

O reino da Redânia é considerado um dos primeiros a terem sido fundados após o desembarque dos homens no Continente. Estes chegaram às regiões do Pontar e da Iaruga e rapidamente se estabeleceram. Sambuk e Radowid, o Grande, são os reis lendários que deram origem ao Estado. A capital é Tretogor, uma antiga cidade élfica abandonada pelo povo original diante do avanço dos homens. O reino faz fronteira com diversos Estados: Kovir e Caingorn ao norte, Cidaris e Teméria ao sul, Kaedwen e Aedirn a leste. A oeste, é banhado pelo mar do Norte e pela baía de Praxeda. A cadeia do pico da Pústula, a leste, constitui o principal relevo de sua paisagem.

Devido à presença da cidade livre de Novigrad, considerada por muitos como a capital mercantil do Continente, a Redânia é um local privilegiado para o comércio e os intercâmbios. O reino não possui manufaturas em seu território, o que o obriga a realizar muitas importações. Suas principais atividades produtivas concentram-se na pecuária e na agricultura, favorecidas pela topografia montanhosa. Em situações de tensão com os vizinhos, os reis redanianos não hesitam em utilizar a alfândega, aumentando os impostos para reforçar sua autoridade e influenciar as negociações. Nesse contexto, o Pontar – que em certos trechos marca a fronteira com Teméria – é uma via fluvial comercial de grande importância, permitindo o transporte e a chegada de mercadorias vindas do interior, de Kaedwen e Aedirn.

Na Redânia encontra-se a academia de Oxenfurt, a mais renomada do Continente – juntamente com a Academia Imperial de Nilfgaard, é claro. Nessa cidade de atividade frenética, onde comerciantes disputam cada centímetro das vielas para expor seus artigos, a Academia é cercada por muralhas próprias. Um misto de antigos palácios construídos com a magia dos elfos e edifícios mais recentes, ela abriga, segundo dizem, o ápice do conhecimento, da pesquisa, da experimentação e do debate de ideias. Nicodemus de Boot foi seu primeiro reitor. As disciplinas ensinadas são numerosas, organizadas em uma variedade de cátedras ocupadas por professores renomados. Entre elas, encontram-se cátedras de filosofia, história natural, medicina e herbalismo, alquimia, direito, além de arte e poesia. O emblema de uma cruz de arminho sobre um escudo vermelho na capa indica a procedência dos livros publicados pela universidade de Oxenfurt.

Teméria

"Metam na boca deles as flores-de-lis dos seus brasões!"

Frase de um lansquenete temeriano em um posto fronteiriço

Assim como a Redânia, Teméria é um dos primeiros reinos humanos a surgir no Continente. O rio Pontar delimita sua fronteira setentrional com o reino vizinho, embora isso não impeça as duas nações de se enfrentarem há décadas. Sua capital é Vizima, uma antiga cidade élfica conquistada há muito tempo, localizada às margens do rio Ismena. Cidaris e Brokilon fazem fronteira com o território a oeste, enquanto a cadeia de Mahakam o separa de Aedirn a leste. O rei da Redânia é considerado suserano de Mahakam, embora a terra ancestral dos anões tenha convenções específicas e amplas possibilidades de contrapeso ao poder central. Ao longo dessas montanhas, Teméria compartilha fronteiras com Kaedwen, Lyria e Sodden. Brugge e o ducado de Ellander estão sob sua proteção.

Originalmente, o brasão de Teméria exibia um leopardo. Graças aos estudos heráldicos de Jan de Attre, em *Armas das honoráveis casas reais*, foi possível traçar sua história. A família real decidiu adicionar ao animal um campo complementar contendo três flores-de-lis, símbolos da sucessão ao trono. Foi o príncipe Goidemar quem, ao assumir o poder, eliminou definitivamente o felino do brasão, com o objetivo de reforçar a importância da dinastia hereditária reinante. Mais tarde, por decreto real de seu herdeiro Cedric, e após a sangrenta revolta de Falka ser esmagada, o brasão oficial assumiu a forma que conhecemos hoje: um campo negro salpicado com uma infinidade de flores-de-lis prateadas.

Teméria é um dos Reinos do Norte mais ricos. A presença de Mahakam em seu território desempenha um papel crucial nesse aspecto, pois a região abriga inúmeros interesses econômicos. A extração, a exploração e o comércio de diversos minerais geram impostos e taxas que anões e gnomos são obrigados a pagar, constituindo uma fonte significativa de receita. Além disso, a agricultura, a pecuária e diversas manufaturas desempenham um papel central na economia do Continente, por meio de importantes exportações.

A influência de Teméria também se estende ao campo religioso. Os Reinos do Norte abrigam diversas religiões, mas nenhuma é mais antiga do que o culto a Melitele. Alguns acreditam que estas terras são o berço dessa crença, originalmente primitiva, talvez até pré-humana, em uma divindade da natureza, do parto e da fertilidade. O culto teria se espalhado por todo o Continente. É em Ellander que se encontra um dos templos mais importantes, conhecido por formar muitas sacerdotisas, curandeiras, parteiras e também estudiosos. Melitele é conhecida por acolher a todos sem distinção.

A magia também tem seu espaço em Teméria, com a academia de magia para jovens mulheres de Aretuza, localizada nas proximidades de Gors Velen. Fundada por Klara Larissa de Winter, a instituição foi criada com o ideal de exaltar a glória da Feminilidade Triunfante. A escola ergue-se na ilha de Thanedd, coroada por Tor Lara, a Torre da Gaivota, construída pelos elfos há séculos. Sua reputação e rigor são comparáveis aos de Ban Ard. Os estudos não são acessíveis a todas, e são necessários grandes esforços para completar a formação como feiticeira.

Nilfgaard

"Não deixe transparecer em seu rosto intenção, nem emoção. A incapacidade de se controlar pertence à infância."

Pensamentos do imperador Torres para si mesmo.

A fundação do Império é considerada tão antiga quanto a de Redânia e Teméria, remontando à época de Radowid, Sambuk, Abrad, o Velho Carvalho, e Dezmod, logo após o Primeiro Desembarque. Parte dos primeiros homens teria migrado para as terras do sul, onde formaram o que viria a se tornar um dos Estados mais importantes e prósperos do Continente. O coração do Império pulsa ao sul do rio Alba, onde se localiza a capital, Nilfgaard, conhecida como "a Cidade das Torres de Ouro", situada em sua foz. Sua fronteira oriental com o deserto de Korath é marcada pelo imponente maciço de Tir Tochair. Lendas extravagantes circulam sobre o extremo sul do Continente, mencionando uma fauna e flora que não existem em nenhum outro lugar.

Desde sua formação, Nilfgaard não parou de se expandir. Etolia, Gemmery e Vicovaro tornaram-se províncias do Império após a anexação das regiões vizinhas de Rowan e Ymlac. Os territórios conquistados são submetidos à autoridade e às leis do Império. Em contrapartida, usufruem dos avanços econômicos, tecnológicos e militares que ele proporciona. Os nórdicos costumam chamar os habitantes do sul de "nilfgaardianos", mas isso é um equívoco linguístico. Esse termo, na verdade, é reservado apenas àqueles que vivem na capital e nas regiões centrais originais. A nobreza nilfgaardiana dá grande importância a essa distinção.

Sabemos, afinal, pouco do Império, já que este raramente se comunica com o exterior. Parece que ele nem sempre foi autoritário e expansionista. O senado, que hoje é apenas um órgão de fachada, com poderes extremamente limitados e subordinados à vontade do imperador, desempenhava antigamente um papel mais significativo. Provavelmente, detalhes dessa evolução seriam encontrados nos arquivos da Academia Imperial, uma das mais renomadas do Continente, ao lado da de Oxenfurt, embora com uma liberdade bem menor do que esta última. As interações com os Reinos do Norte – que permanecem atentos às ambições expansionistas do Império, mas sem grande preocupação – limitam-se, em sua maioria, a questões econômicas.

Cintra

"Sempre me surpreendo, tantos anos após cruzar os portões desta cidade, com o peso da tradição secular que todos nós impomos sobre o reino. Tenho consciência de sua necessidade. Ela é o vínculo, a força viva de nossas origens. Contudo, quando vejo alguns se obstinarem e se fecharem no conservadorismo, me pergunto: estarão realmente dispostos a colocar em risco o destino de Cintra e seu legado por puro fanatismo?"

Declaração de Fiona, rainha de Cintra, na assembleia de equinócio da nobreza cintriana

Antes do desembarque dos humanos e de seu avanço, a capital que deu nome ao reino, Cintra, chamada Xin'trea na antiga língua, era uma cidade élfica localizada na foz do rio Iaruga, ao norte de Marnadal. Este reino não é o maior em extensão, mas sua localização, entre o mar a oeste e as montanhas de Amell a leste, com vastas terras férteis entre os dois, lhe proporciona muitos benefícios. A pesca, a pecuária e a agricultura garantem sua subsistência.

Cintra é uma nação orgulhosa e forte. Homens e mulheres aprendem a lutar desde a infância e são igualmente aptos ao combate. Como a antiga rainha de Cintra, Fiona, esposa de Coram II, destacou com tanta perspicácia no passado, as tradições cintrianas têm um peso significativo. Por causa delas, apenas um homem pode realmente governar o país. Mesmo que uma rainha assuma esse papel, a nobreza fará de tudo para garantir que seja apenas temporário.

Atenta ao equilíbrio econômico e político do reino, Cintra mantém boas relações com seus vizinhos mais próximos: Verden, Nazair e Sodden. O mesmo vale para as ilhas de Skellige, embora seus piratas frequentemente assediem as costas do Grande Mar quando a paz não está estabelecida. O principal trunfo de Cintra em negociações e diplomacia está na localização estratégica de sua capital. Essa fortaleza é uma barreira evidente contra qualquer invasão do sul para o norte, já que a travessia do rio Iaruga é dificultada por sua largura e profundidade até a região de Rívia. Qualquer embarcação que pretenda penetrar no interior das terras deve necessariamente passar por sua foz.

Skellige

"Abaixem as velas, rememos até os confins,
Fortuna e glória nos chamam lá!
Ao leste, às costas, vamos sem fim,
E de nossas veias o sal fluirá!"

Verso de uma canção de marinheiros de An Skellig

As ilhas Skellige formam um arquipélago montanhoso que integra os Reinos do Norte, e que tornou-se rapidamente um dos pontos de assentamento humano após o Primeiro Desembarque. Localizado a oeste do Continente, entre o Grande Mar e o mar do Norte, o arquipélago é composto por seis ilhas principais: Ard Skellig – onde se encontra a capital, Kaer Trolde –, An Skellig, Faroe, Hindarsfjall, Spikeroog e Undvik. Skellige não é o reino mais significativo em termos de extensão territorial, nem riquezas. No entanto, ao longo dos séculos, conquistou o respeito de seus vizinhos. Grande parte dos habitantes das ilhas, incluindo algumas mulheres, são guerreiros e marinheiros experientes. Sua crença é dedicada a Freyja, cujos símbolos são o gato e o falcão.

Vários clãs estão distribuídos pelas ilhas, cada um liderado por um jarl e com seu próprio brasão. Esses brasões são frequentemente exibidos nos escudos ou nas velas dos drakkars. É entre esses chefes de clã que, em uma assembleia eletiva especial e única entre os Reinos do Norte, é escolhido aquele que governará as ilhas: o jarl de Skellige. Cabe a ele representar a autoridade do arquipélago, zelar pela paz entre os clãs, coordenar ações estratégicas e militares e organizar a diplomacia externa. Apesar disso, cada clã mantém autonomia e voz ativa em suas decisões. Diferentemente dos outros Estados nórdicos, não existe hierarquia social ou diferenciação de classes nas ilhas. Todos os habitantes de Skellige são iguais entre si.

Devido ao clima rigoroso que predomina nas ilhas e à escassez de terras cultiváveis, a economia da região baseia-se principalmente na pesca e no comércio marítimo. Este comércio é mantido com os reinos de Cidaris, Verden e Cintra. Skellige também é conhecida por seus artesãos, cujas habilidades são amplamente admiradas no continente, especialmente os carpinteiros navais, que produzem os melhores drakkars, com flutuação baixa. No entanto, ocasionalmente, grupos de piratas que escapam à autoridade do jarl realizam incursões nas costas, o que inevitavelmente renova as tensões entre os continentais e os insulares. Estes últimos frequentemente consideram tais ações como a continuação do legado de seus ancestrais, os primeiros saqueadores do Norte.

Toussaint

"Paz? Você me pergunta como obter paz? Vinho, vinho e mais vinho. Suspendam a exportação por algum tempo e, depois disso, podem ter certeza de que eles nos deixarão em paz, se é que posso dizer assim."

Ademarta, primeira princesa de Toussaint

O principado de Toussaint está localizado entre as montanhas de Amell e os montes Azuis. Beauclair, o antigo palácio élfico remodelado pelo arquiteto Faramond, e também capital do reino, estende-se ao pé do monte Górgona. Essa região é vista em todo o Continente como uma terra de contos e encantos. Existem muitas lendas sobre ela, mencionando a presença de fadas, criaturas mágicas e diversos fenômenos inexplicáveis. Vários bruxos tiveram a oportunidade de confirmar essas histórias ao descobrirem diferentes espécies de monstros ou criaturas conhecidas, mas com mutações extraordinárias.

A economia de Toussaint baseia-se em suas numerosas vinícolas, reconhecidas em todo o Continente. Seus vinhos, entre os mais refinados, são exportados para a maioria dos Reinos do Norte. Os diversos pequenos castelos que dominam as encostas dão nome aos vinhedos e às adegas. O vinho mais famoso é, sem dúvida, o célebre Est-Est, vendido a preços altíssimos e frequentemente trocado por vários barris de outros vinhos. A lista de produções, que inclui variedades de uvas com cruzamentos específicos, é mais extensa do que a de qualquer outro reino produtor de vinho. É em Toussaint que são criados vinhos como erveluce, fiorano, pomino, vermentino, toricella, casteldaccia, tufo, sancerre, nuragus, coronata e gwyn cerbin.

Toussaint não possui um exército propriamente dito. O reino confia em um grande número de cavaleiros errantes para garantir a segurança interna e o respeito a suas fronteiras. Esses cavaleiros percorrem as terras do principado na esperança de se destacarem por meio de feitos heroicos. Seu senso de honra e dever é incomparável, o que os torna combatentes ferozes, de lealdade inigualável, mas também interlocutores obstinados, cujas visões dogmáticas podem ser muito – até excessivamente – rígidas. Eles são os grandes defensores das tradições e dos protocolos que regem o funcionamento do principado.

Cidaris

"Se não encontrar o objeto que procura no bazar de Cidaris, é porque ele não existe."

Ditado de Cidaris

O reino de Cidaris estende-se a oeste de Teméria e faz fronteira com Verden e a floresta de Brokilon, ao sul. Vale destacar que Bremervord, localizada à beira-mar, é um pequeno principado vassalo. A capital, que compartilha o nome do reino, é famosa por diversos motivos. O bazar de Hrak, sua principal praça comercial, permanece movimentado ao longo de todo o ano. Diz-se que lá se pode encontrar de tudo, desde a mais simples bugiganga até o artefato mais raro.

Assim como as ilhas Skellige, Cidaris é um reino cuja economia depende da exploração dos recursos marítimos. Numerosos navios partem dos portos espalhados ao longo da costa do país. Sejam particulares ou pertencentes a guildas organizadas, essas embarcações navegam pelas águas para aproveitar os generosos cardumes oferecidos pelo mar do Norte e pelo Grande Mar. A pesca garante a subsistência dos cidarianos, além de sustentar o comércio com os Estados vizinhos. De modo geral, Cidaris busca manter relações cordiais com os habitantes de Skellige, tanto pela proximidade geográfica quanto pelos interesses comuns que compartilham.

Se o reino de Cidaris assegura tão facilmente sua prosperidade por meio da pesca, isso se deve ao talento e à habilidade de seus engenheiros navais. Diversos estaleiros, cuja dimensão e capacidade de produção despertam inveja entre continentais e insulares, estão presentes ao longo de suas costas. Ainda assim, eles não conseguiram, até agora, desenvolver embarcações capazes de enfrentar as ondas no alto-mar do Grande Mar e explorar o que se encontra além. Muitos, no entanto, acreditam que o primeiro navio a conseguir essa façanha será construído em Cidaris.

Kovir e Poviss

"O mar é livre e aberto. O comércio é livre. O lucro é sagrado. Respeite o comércio e o lucro do próximo como respeita os seus próprios. Obstruir o comércio e a realização de lucros é uma violação dos direitos da natureza. Kovir não é vassalo de ninguém. É um reino independente, autônomo e neutro."

Prólogo do *Mare liberum apertum*, também conhecido como *Primeiro tratado de Exeter*

Kovir, ao qual o reino de Poviss está ligado por união pessoal, é um dos Estados humanos mais ao norte do Continente. Localizado ao noroeste da Redânia, além da baía de Praxeda, suas terras, consideradas hostis por muitos continentais devido ao clima rigoroso, estendem-se aos pés dos montes do Dragão. O reino de Kovir possui duas capitais: uma para o verão, Pont Vanis, e outra para o inverno, Lan Exeter, construída sobre as águas. Durante muito tempo, Kovir e Poviss foram o destino favorito daqueles que desejavam se afastar do *status quo* do Continente. Cientistas, magos, agricultores, pecuaristas, geólogos, mineradores e outros encontraram nessas terras do Norte a oportunidade de desenvolver ideias que, em qualquer outro lugar, pareceriam inverossímeis, excêntricas ou até condenáveis.

No passado, Kovir não passava de um condado vassalo da Redânia. O rei da época, Radowid, o Grande, decidiu enviar para lá seu irmão Trojden, a quem detestava, antes de abandonar completamente as terras do Norte. Durante um quarto de século, a região se desenvolveu de maneira notável, descobrindo em seus subterrâneos riquezas que apenas os anões de Mahakam e suas explorações poderiam rivalizar. Esse crescimento despertou a cobiça da descendência redaniana, na figura de Radowid III. Após uma guerra inicialmente econômica e, em seguida, militar, que terminou com a derrota da Redânia e de seu aliado, Kaedwen, o famoso *Primeiro tratado de Exeter* foi assinado sob a supervisão do hierarca de Novigrad. Desde então, Kovir desfruta de total autonomia política, além de liberdade de navegação e comércio nas águas da baía de Praxeda.

Graças a esse tratado, Kovir nunca teve ambições expansionistas. Sua economia florescente há mais de um século simplesmente não necessita disso. Os herdeiros de Trojden no trono, conhecidos como "Trojdenianos", construíram um reino de prosperidade inacreditável. A primeira fonte de riqueza veio de suas fundições e salinas, que lhe permitiram estabelecer um monopólio nos mercados de vidro e sal. Posteriormente, foram as minas que garantiram o desenvolvimento econômico do reino. Kovir e Poviss são responsáveis por mais de 80% da produção mundial de ouro. Além disso, controlam um quarto do mercado mundial de prata, níquel, chumbo, estanho e zinco, sem mencionar o cobre e outros metais, dos quais são os principais produtores.

Novigrad

"O Comerciante: O senhor precisa tirar seu disfarce.

O Estrangeiro: Sério?

O Comerciante: Já é hora. Faz dois dias que Saovine acabou. As efígies já foram todas queimadas.

O Estrangeiro: Eu não uso nenhum disfarce.

O Comerciante (gritando na rua): Ele não usa nenhum! Este corpo é dele!"

Trecho da peça *O rei doppler*, encenada em Novigrad.

Antigamente, Novigrad estava ligada ao reino da Redânia. Muito antes da chegada dos homens, era uma majestosa cidade élfica. Hoje, é uma cidade livre, certamente a maior e mais populosa do Continente. Não é à toa que alguns a consideram a capital do mundo. Ela está localizada ao sudoeste da Redânia, na foz do rio Pontar. É uma cidade cosmopolita onde convivem, sem muitos conflitos, homens, elfos, anões, gnomos e halflings.

Novigrad é uma das cidades comerciais mais importantes dos Reinos do Norte. Sua localização geográfica excepcional a torna um centro nevrálgico da economia nórdica. É em seu porto, um dos mais movimentados da costa, que transitam inumeráveis mercadorias. A própria cidade possui muitos atrativos. Uma multidão de artesãos se estabeleceu ali, oferecendo serviços e artigos de qualidade. Eles se organizaram em corporações cuja influência às vezes beira a corrupção. A cidade também conta com quatro moinhos, bancos, matadouros, serrarias, várias casas de prostituição e muitos armazéns.

Há vários séculos, ocorreu a União de Novigrad, durante a qual o mago Geoffrey Monck e seus companheiros aceitaram assinar um pacto de não agressão com as autoridades, os sacerdotes e os druidas. O objetivo era garantir a separação entre o Estado e a magia. Desde então, a religião infiltrou-se em todas as camadas sociais da cidade por meio do Fogo Eterno. Com seus quinze templos e laços estreitos com os serviços secretos da cidade, esta religião impõe a ordem em Novigrad. Qualquer um que ouse blasfemar contra o poder divino ou tentar interferir em seus assuntos deve temer por sua vida.

As regiões hostis

As regiões perigosas que um bruxo deveria evitar no Continente são numerosas. Ele deve mantê-las em mente; caso contrário, pode acabar se aventurando em um caminho do qual não retornará. Oferecer uma lista completa dessas regiões exigiria vários volumes; por isso, estas páginas tratam apenas do essencial, mais do que o suficiente para o bruxo recém-formado não se afastar do bom senso.

A floresta de Brokilon

A região é apelidada de "floresta da morte" pelos homens. É a morada das dríades, um dos territórios mais selvagens e perigosos a oeste do Continente, nos limites do protetorado temeriano de Brugge e de Verden. Apenas os elfos são capazes de adentrar Brokilon. Para os outros que se aproximam de seus arredores, quando uma primeira flecha assobiar nos ouvidos, é o sinal de que devem retornar. É um aviso, pois a próxima que cortar o ar se cravará no corpo. As dríades nunca erram um alvo, mesmo a grandes distâncias.

Essas criaturas vivem em Duen Canell, seu refúgio principal, no coração da floresta. Ninguém além delas sabe onde está localizado, nem mesmo aqueles que elas consideram seus aliados e cuja presença toleram em Brokilon, já que lhes vendam os olhos antes de conduzi-los até lá. As dríades que ocupam essas terras zelam pelo equilíbrio natural. Nada é mais importante para elas do que a exuberância da floresta e a boa saúde da fauna que ali habita. Para garantir a perpetuação de sua raça, elas utilizam dois métodos. O primeiro consiste em procriar com um Aen Seidhe. O segundo envolve o sequestro de uma jovem, humana ou élfica, que elas obrigam a beber a Água de Brokilon, uma poderosa mistura que transforma toda nova recruta em dríade.

Os montes do Dragão

Inúmeros rumores e lendas circulam a respeito dos montes do Dragão. Segundo a mais improvável delas, a cadeia de montanhas que se

estende ao extremo norte do Continente, de oeste a leste, teria sido formada há vários milênios pelo corpo de um dragão gigantesco. Uma fábula capaz de maravilhar ou assustar crianças, nada mais. Essas terras geladas e remotas, no entanto, realmente abrigam muitos dragões. Os estudiosos, que arrancam os poucos cabelos que ainda lhes restam para elaborar teorias, utilizariam aqui o futuro do pretérito. No entanto, isso é uma certeza, algo que devemos aos trabalhos e descobertas de um punhado de bruxos.

Essa cordilheira também é o lar de outras criaturas que foram brevemente avistadas nas proximidades das regiões habitadas. Felizmente para os reinos de Kaedwen, das Marchas Orientais, assim como de Kovir e Poviss, esses monstros raramente se aventuram além do sopé da montanha. Assim como os dragões, eles parecem ter aprendido a se manter afastados dos humanos. Um dos piores perigos é, sem dúvida, o frio, que se torna cada vez mais cortante à medida que se avança em direção aos picos intransponíveis envoltos por nuvens. Alguns estudiosos chegaram a ver no Frio Branco, anunciado pela terrível profecia de Ithlinne, a progressão desse clima rumo ao sul, até Nilfgaard.

Os montes Azuis

Nos limites orientais das terras conhecidas, os montes Azuis estendem-se perpendicularmente aos montes do Dragão, até o deserto de Korath. É em suas encostas que está localizada a escola de bruxos de Kaer Morhen. Quase nada se sabe sobre o que existe além dessas vastas cadeias, que em alguns trechos são mais largas do que altas. Foi ao pé dessas montanhas, em Loc Muinne, Est Haemlet e Shaerrawedd, que ocorreu o desfecho do conflito entre humanos e elfos. E é exatamente nisso que reside o principal perigo da região. Embora ninguém saiba exatamente onde, foi nessa área que os elfos se refugiaram após esses eventos trágicos. O desaparecimento de grande quantidade de exploradores não seria apenas obra dos wyverns e escolopendromorfos.

O deserto de Korath

Enquanto os montes do Dragão são escarpados e gelados, o deserto de Korath é desolado e sufocante. Esse imenso espaço de areia e rocha se estende a oeste do maciço de Tir Tochair. É de conhecimento geral que ninguém pode sobreviver no "Forno". Nenhum homem sensato se aventuraria voluntariamente ali, e o ouro de toda uma vida de trabalho como bruxo não vale o risco. Apesar do que dizem, essa região não está totalmente desabitada. Os "monstros das areias", criaturas insetoides enormes e mortais, que até agora não possuem um nome mais erudito, são os principais ocupantes. Nenhum de nós tentou enfrentar uma dessas criaturas para verificar se sua reputação é verdadeira. Quem se mantém longe desse deserto pode esperar viver mais do que aquele que se perde por lá, desidrata-se até morrer, é carbonizado pelo sol ou cortado ao meio.

Algumas semanas se passaram. O outono já está tão avançado que os galhos das árvores quase sussurram com os primeiros sinais do inverno. A Marrequinha ainda me é indispensável. Sem ela, sou apenas tremores e dores. Sem ela, não sou muito melhor do que o velho que erra a boca ao levar a colher aos lábios. Sorel riria abertamente de mim se me visse. Eu sei disso porque faria o mesmo. A neurotoxina está agindo. Ela provoca efeitos insidiosos e atrasados. Não a vi chegar. Maldita. As curandeiras garantem que eu não abuse do remédio. Elas não temem o vício. Quem se acostumaria a urinar sangue? Eu sei do que elas têm medo, mesmo que não digam. Que meu corpo, já exausto, não consiga mais se virar sozinho. O que elas sabem da fisiologia dos bruxos? No entanto, sinto, no fundo, que elas estão no caminho certo. Escrevo isso e sou obrigado a sacudir a mão para espantar o formigamento.

Várias vezes, releio as páginas que enchi de palavras. Será que tudo isso será suficiente para que nossos jovens recrutas estejam preparados para o mundo que os espera lá fora? Não. Nada seria. É apenas honestidade admitir isso. Essa honestidade que constrói o vínculo de confiança entre o aprendiz e o mestre, entre aquele que quase nada sabe e aquele que não sabe tudo. Essa franqueza nos torna iguais, irmãos. O que escrevi no papel trata-se apenas de um ponto de partida. Quando se busca chegar a algum lugar, seja qual for a missão, é preciso começar de certo local.

O mundo é vasto. Aposto que continuará a mudar nos próximos anos. Desde sempre, ele nos impõe tormentos que parecem os presságios de alguma antiga profecia. Que o habitante de uma vila esquecida afirme ter visto a Caçada passar pelo céu, e o nome de Ithlinne esteja em todas as bocas. Eis aqueles que queimam as efígies de Falka para afastar uma nova tragédia prestes a consumir o mundo. Que esperam contrariar o destino e seus planos infelizes. Os automatismos substituem a reflexão e a razão. Embora o tempo das noites sombrias, cheias de terror, tenha passado, o ciclo se perpetua em conflitos, guerras por territórios e legitimidade, ódios inter-raciais, focos de violência extrema e rebeliões reprimidas com severidade. O mundo é vasto, em constante mudança. Nós, bruxos, permanecemos.

E

II

O bruxo

Contou-se, mais tarde, que o menino havia chegado seguindo o curso do rio Gwenllech. Vinha a pé, sem cavalo, e trazia como único pertence trapos endurecidos pelo frio e pelas primeiras neves. Um dos jovens que treinavam no Caminho do Sofrimento o encontrou rio abaixo. O órfão – foi o que se presumiu, embora não importasse – havia desabado de cansaço sobre o gelo. Os animais circulavam ao seu redor. Seu gibão sujo estava manchado de sangue escuro e ressecado. Foi levado à fortaleza, onde um dos mestres o examinou. Após queimarem suas roupas imundas e rasparem seu cabelo cheio de piolhos, ele foi levado a um canto do grande salão, com uma gamela de sopa nas mãos. Até o terceiro dia ali, ninguém sabia se ele falava. Ninguém se preocupou em perguntar de onde ele vinha. Ele permanecia afastado, mastigando, feliz por estar aquecido. Será que ele tinha alguma ideia de onde estava? Isso também pouco importava. Como todos os outros, ele entenderia no momento certo.

A partir do momento em que disse seu nome, todos o consideraram como deveria ser. Um recruta. Oferecido pelo destino, disseram alguns; fruto da guerra ou da fome, estimaram outros. Ninguém se perde pelas estradas do extremo norte de Kaedwen. Ninguém chega a Kaer Morhen por mero acaso. Ele não foi o primeiro garoto esfarrapado a ser levado até lá por alguém que esperava para ele algo melhor do que a morte. E não seria o último. A Escola do Lobo havia muito tempo estava habituada a esses abandonos, que acolhia como bênçãos. As novas gerações de bruxos só são possíveis graças a eles. A partir do momento em que a criança cruzava o grande portão, restavam-lhe apenas duas opções. Ou viveria, ou morreria. E as chances de morrer eram muito maiores. Ele também entenderia isso, rápido demais.

Esse menino era eu.

É claro que eu não havia chegado ao vale a pé. Alguém me levou perto o suficiente para que me encontrassem, mas longe o bastante para que ignorassem quem me deixou lá. Nos primeiros anos, guardei fragmentos da minha jornada. Da partida, nada. Tudo começa quando eu me contenho para não gritar, pois a noite é negra, impenetrável. Precisamos evitar os perigos que rondam na escuridão. Um pedaço de pão duro, que me jogam em um ato de desespero para que eu me cale. Os cumes esbranquiçados. Grunhidos nos arbustos que margeiam a estrada. O frio que devora meus ossos à medida que avançamos pelas terras selvagens do norte. O gosto da neve. O gosto de sangue antes da fuga. Gritos e outros grunhidos. Que fazem a terra tremer. Durante as primeiras noites que passei na fortaleza, meus sonhos eram preenchidos por esses fragmentos. Com o tempo, os sonhos acabaram distorcendo e suplantando as lembranças, até que restasse apenas uma vaga ideia do que era verdadeiro e do que não era.

Eu ainda me pergunto por quem me levou até lá. Seu rosto foi a primeira coisa a desaparecer da minha memória. Em sonhos, não me aparece nada além de uma silhueta sombria. Às vezes, é o meu próprio rosto que vejo. Tudo o que resta como certeza é um cheiro, algo que os sonhos não conseguem reproduzir, nem modificar. Um aroma de menta. Ele me envolvia toda vez que a pessoa se inclinava sobre mim. Eu o senti uma última vez quando ela me abraçou antes que o sangue jorrasse e que me gritasse para fugir. Talvez tenha sido um lobo ou algo diferente que surgiu. A ironia do destino seria que fosse um lobo, como um símbolo, capaz de encerrar um passado miserável e esquecível. Nunca saberei de onde vim, nem quem era minha família. Talvez isso seja preferível ao arrependimento.

Tudo isso está tão distante agora. Às vezes, os gritos ainda ecoam durante a noite, no meio de tantos outros que se somaram desde a Prova das Ervas. Nada pode preparar aqueles que estão prestes a enfrentá-la. Nem o punhado de plantas de sabor amargo que nos dão algumas horas antes, para evitar que o choque seja imediatamente fatal, nem as palavras sussurradas em nossos ouvidos no momento da injeção, na escuridão do laboratório:

– Seja forte e lute, ou você morrerá!

A vontade não é tudo. Dos oito que éramos, apenas Sorel e eu sobrevivemos. Todos os outros morreram, em lágrimas, sangue e urina. Nunca falamos disso, especialmente com aqueles que não sabem, do lado de fora de nossos muros. Nos calamos por respeito. É algo incompreensível, inconcebível e, no entanto, necessário. Não existe alternativa. Os magos não conseguiram resolver todos os problemas inerentes ao processo de mutação. O caminho dos bruxos é difícil, marcado pela morte. Apesar do segredo que o cerca, esse caminho não merece tamanho desprezo.

Inúmeros fantasmas e boatos circulam sobre nossa confraria em todo o Continente. Ela nunca deixou de gerar incertezas, mentiras involuntárias ou descaradas, e até as mais improváveis fabulações. Não fornicamos com necrófagos, não comemos carne humana, nem somos receptáculos de demônios. Para compreender o que somos e nosso papel, é necessário voltar alguns séculos no passado e entender o que levou à nossa criação. Tudo começou com os monstros ferozes que a Conjunção das Esferas trouxe para estas terras.

Ao contrário do que Derameg afirma, nós somos, de fato, o que vulgarmente chamam de "mutantes". Antes de nos tornarmos bruxos, éramos humanos. Nosso organismo foi submetido, ainda na juventude, a um conjunto de mutações destinadas a fortalecê-lo e aprimorá-lo. Esse é um dos papéis essenciais da Prova das Ervas, que será abordada mais adiante. Essas modificações, associadas a um treinamento e um aprendizado rigorosos, nos permitem realizar o que ninguém mais consegue, a menos que corra para a morte certa ou que dez homens se juntem para o que basta apenas um de nós. Nossa maestria com armas tem poucos iguais, e, além disso, somos capazes de manipular grosseiramente o Caos com o uso de "Sinais".

Dado que não podemos viver do sangue das criaturas que derramamos, nem de água fresca, foi estabelecido muito cedo que nossa tarefa seria realizada mediante remuneração. Esse é nosso único meio de subsistência, razão pela qual cumprimos nossa missão com dedicação. Não é incomum que alguns se enganem quanto à natureza de nossas funções e tentem nos contratar como mercenários. Já aconteceu até de pressionarem alguns de nós para eliminar uma figura importante, ou até real. Tanto o povo comum quanto os poderosos sabem muito pouco sobre nós, no fim das contas. Que fique, portanto, estabelecido que esse não é nosso papel. Nenhum bruxo devidamente treinado, que carregue os valores de sua confraria, pode se rebaixar a matar um homem por dinheiro, pois isso mancharia a imagem de toda a nossa casta.

O que é um bruxo?

O primeiro reflexo dos homens após a Conjunção das Esferas foi buscar segurança. Assim, eles se refugiaram por trás dos muros de suas fortalezas. Somente elas podiam manter a maior parte das ameaças a distância. Esse período foi chamado por vários historiadores de "noites sombrias", uma referência direta ao perigo ampliado que a escuridão representava para as populações. As terras primitivas daquela época ainda não haviam sido desbravadas, e as viagens entre cidades só eram realizadas sob forte escolta, mesmo durante o dia. O atual domínio das terras pode tornar isso inconcebível, mas, naquela época, era o terror que prevalecia, e morria-se mais frequentemente pelas garras de um monstro do que de velhice.

Surgiram então os magos, cuja maestria sobre o Caos revelou-se um grande trunfo para enfrentar os predadores mais perigosos. Foram eles os primeiros a conseguir assegurar a segurança ao redor das cidades, favorecendo seu desenvolvimento e expansão. Ao se tornarem indispensáveis, os magos consolidaram sua autoridade e expandiram sua influência. Não é necessário se deter nas diversas tensões e jogos de poder que isso gerou entre os reinos nascentes. Com o tempo, os magos acabaram se afastando do papel de caçadores e protetores que seus talentos lhes haviam atribuído. Eles chegaram a um ponto no percurso em que preferiam concentrar-se na erudição e no aperfeiçoamento de suas práticas – seu interesse por intrigas políticas também é frequentemente mencionado. Assim, começaram a buscar um meio, uma ferramenta, que pudesse garantir a segurança dos humanos em seu lugar.

Foi assim que surgiu a ideia de um guerreiro com força e reflexos suficientemente extraordinários para enfrentar as piores criaturas do Continente. Corre o boato de que foi o mago Cosimo Malaspina, e posteriormente seu aprendiz Alzur, quem se dedicou a essa tarefa. Apesar do que se acredita, Kaer Morhen não guarda os trabalhos preliminares da criação do primeiro bruxo. É possível que outra escola seja a detentora desses registros, mas parece mais provável que tal testemunho esteja nas mãos do Capítulo do Talento e das Artes, acessível apenas a eruditos com as mais altas posições. Foram necessárias inúmeras experiências antes de se alcançar um resultado satisfatório, envolvendo manipulações genéticas e hormonais. Uma vez alcançado esse marco, as diferentes escolas surgiram e se desenvolveram, de modo que os magos deixaram completamente de combater as criaturas. Restaram apenas um ou dois deles em cada escola, de maneira permanente ou ocasional, para garantir a criação de novos bruxos.

"Os bruxos entre os povos do Norte são uma casta guerreira secreta dotada de poderes ocultos. Seu papel original era combater o Mal em todas as suas formas: criaturas mágicas, monstros, seres amaldiçoados etc. Algumas lendas falam deles como os garantes da paz e da probidade, algo que foi contestado em várias ocasiões. O mistério persiste sobre suas origens. Foram criados? Nasceram assim? Apenas os magos conhecem as respostas para essas perguntas e as guardam com apego. Diante de tantos segredos e diferenças, muitos passaram a temer os bruxos."

Derameg, *Encyclopaedia mundi*, volume III

A criação de novos bruxos não é regular, nem programada. Ela depende daqueles que a escola recolhe sob sua tutela e julga capazes, ou não, de enfrentar a prova. Trata-se quase sempre de órfãos ou de crianças cujos tutores desejam se livrar delas. Você não encontrará entre os novos rostos filhos de nobres ou crianças amadas. Em casos muito raros, que infelizmente nos deram a reputação de ladrões de crianças, o novo recruta é fruto do "direito de surpresa", um juramento herdado de uma tradição secular, embora ainda respeitada, que estipula que o devedor de uma dívida para com um bruxo lhe ofereça aquilo que já possui sem saber. Às vezes, trata-se de uma criança.

Não me cabe revelar em detalhes os compostos dos elementos administrados, nem o exato desenrolar da prova. O que posso dizer, no entanto, oferecerá aos jovens bruxos a oportunidade de compreender melhor, caso ainda não o tenham feito, os mistérios pelos quais passaram e as provas que superaram.

O estado de consciência dos sujeitos é variável. Alguns podem permanecer desmaiados durante boa parte do processo e ainda assim sobreviver – foi o caso de Sorel –, enquanto outros permanecem despertos, ouvem tudo, sentem tudo, chegando até a perceber o som áspero de suas íris se transformando. Eu fui um destes últimos. Os gritos que às vezes povoam minhas noites, aos quais aprendi a perder a sensibilidade, são, sobretudo, os de Ickon, que ainda lembro claramente. Ele era, junto com Sorel, o único dentre nós que sabia de onde vinha: uma aldeia esquecida de Creyden, ao noroeste de Tancarville. Ele vivia com o pai, a mãe e uma grande família. Seu futuro estava traçado, pois estava prestes a ser aceito como aprendiz de um tecelão de Yspaden. Um grupo de bandidos, formado por desertores e reformados redanianos, mudou o rumo de seu destino ao massacrar o vilarejo. Entre os poucos sobreviventes, ele foi encontrado por um Lobo que percorria a região. Uma nova geração de bruxos precisava ser criada naquele inverno, e ele levou Ickon para Kaer Morhen. Rapidamente criamos um vínculo forte. Ele foi o primeiro com quem me atrevi a falar pouco depois da minha chegada.

Ele morreu na cama ao lado da minha, no laboratório. No segundo dia após a contaminação pelo vírus, ele havia arrancado as unhas de tanto arranhar as paredes da cela, talvez na esperança de fugir do que o consumia por dentro. Nas últimas horas que lhe restavam – eu as identifiquei pelo som da respiração, áspera e seca, que cheirava a turfa, sangue e medo –, ardendo em febre, com um espesso muco nos cantos dos olhos, das narinas e dos lábios, ouvi-o murmurar para a pedra gelada as visões do lar que nunca mais veria. Ele se lembrava dos picos de nácar dos montes do Dragão que pairavam sobre sua aldeia. Da luz do sol refletida ali ao amanhecer, em tons de azul que só existem quando nos aproximamos de Kovir. Do canto do vento que descia das alturas para varrer os telhados de palha.

Ickon, no entanto, não foi o primeiro a morrer. Esse foi Hegel. Choque anafilático após alguns minutos. Vimo-lo cair sem um som, com um soluço surpreso, enquanto esperávamos, tremendo, pela nossa vez. Os mortos encontram seu lugar no vale, onde são enterrados com respeito, mas sem tristeza. Quanto àqueles que o processo enlouquece, a escola não tem condições de cuidar deles, nem pode assumir a responsabilidade de deixá-los vagar pelo mundo. Um mestre é então designado para pôr fim aos seus tormentos ou à sua lenta agonia, quando o mago não o faz pessoalmente. Isso pode parecer cruel aos olhos de alguns. No entanto, aprendemos a viver com isso, pois é o preço a pagar – o único que conhecemos – para evitar males muito maiores.

É legítimo questionar por que não existem bruxas. Mais de uma vez já me fizeram essa pergunta. Em todas as escolas conhecidas, isso poderia ser interpretado como uma tradição herdada de tempos distantes, uma forma de supremacismo masculino e guerreiro. De acordo com as informações que recolhi, e após discussão com o mago de Kaer Morhen, uma razão muito mais prosaica está em jogo. O processo foi desenvolvido para um organismo masculino. Parte das misturas e hormônios utilizados não teriam os efeitos esperados em uma composição feminina, levando à morte certa ou, no mínimo, a sequelas irreversíveis. Para criar uma bruxa, seria necessário que um mago revisasse todo o procedimento, algo que nenhum deles desejou fazer até o momento, devido à dificuldade da tarefa, senão à impossibilidade.

"Então o elixir foi novamente injetado em suas veias, e a crise recomeçou. Desta vez, a criança sangrou pelo nariz, e sua tosse transformou-se em vômitos, após os quais o menino perdeu todas as forças e parecia estar sem vida.

Os sintomas não diminuíram por dois dias. A pele da criança, até então coberta de suor, tornou-se seca e quente como brasa, e o batimento de seu pulso era débil e irregular, mas moderadamente forte, mais lento do que rápido. Ele não saiu mais de sua letargia, nem gritou. Por fim, chegou o sétimo dia. O menino parecia ter despertado de um sonho, e abriu os olhos, que eram como os olhos de uma víbora."

Carla Demetia Crest, *Sobre a Prova das Ervas e outras práticas secretas dos bruxos, vistas com meus próprios olhos*, manuscrito reservado ao capítulo dos magos

A Prova das Ervas

O que comumente é chamado de "Prova das Ervas", e sobre o qual tão poucos não-bruxos têm conhecimento, é um conjunto de etapas sucessivas que permite ao menino tornar-se um bruxo. Seria mais lógico, talvez, falar em "provas" no plural. Realizadas sob a supervisão de um ou mais mestres, mas principalmente de um mago, essas etapas são as responsáveis pelas modificações genéticas e hormonais. O processo interno, invasivo, é extremamente arriscado e pode deixar graves sequelas nos que a ele sobrevivem.

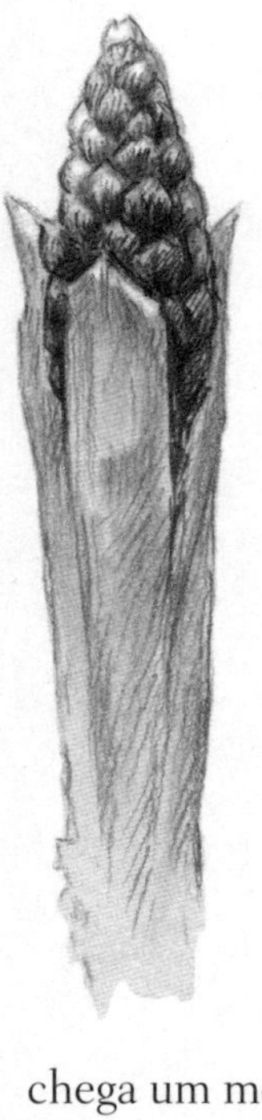

O grupo não é submetido imediatamente à prova. Cada criança deve ser devidamente alimentada e preparada para suprir da melhor forma possível as carências decorrentes de sua vida pregressa. Durante esse período, recebem um treinamento básico, menos rigoroso do que o que ocorrerá posteriormente. Os mestres asseguram que todos ingiram uma combinação de plantas e saprófitos que fortalecem sua constituição e sistema imunológico. Após algumas semanas, os meninos são levadas para as profundezas de Kaer Morhen, onde está localizado o laboratório.

Várias misturas e hormônios são administrados a eles. Durante essa primeira etapa, as constituições mais frágeis – o que geralmente não tem nada a ver com as aparências – são eliminadas. Em seguida, chega um momento crucial: um vírus é injetado no corpo. Essa injeção é a mais devastadora.

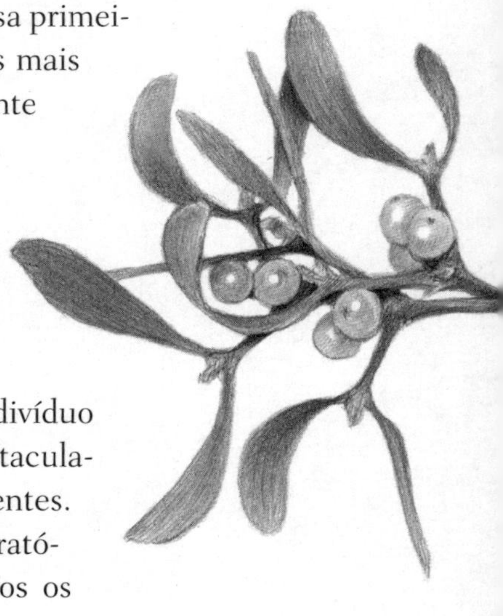

As reações ao vírus variam de indivíduo para indivíduo, mas são sempre espetaculares, mesmo para curandeiros experientes. Paradas cardíacas, insuficiências respiratórias, apoplexias e hemorragias de todos os tipos são as mais comuns. Não se trata apenas de alquimia e medicina. A magia desempenha um papel essencial, em aspectos que nem mesmo os mestres compreendem totalmente. É por isso que a presença de um mago é indispensável do início ao fim do processo.

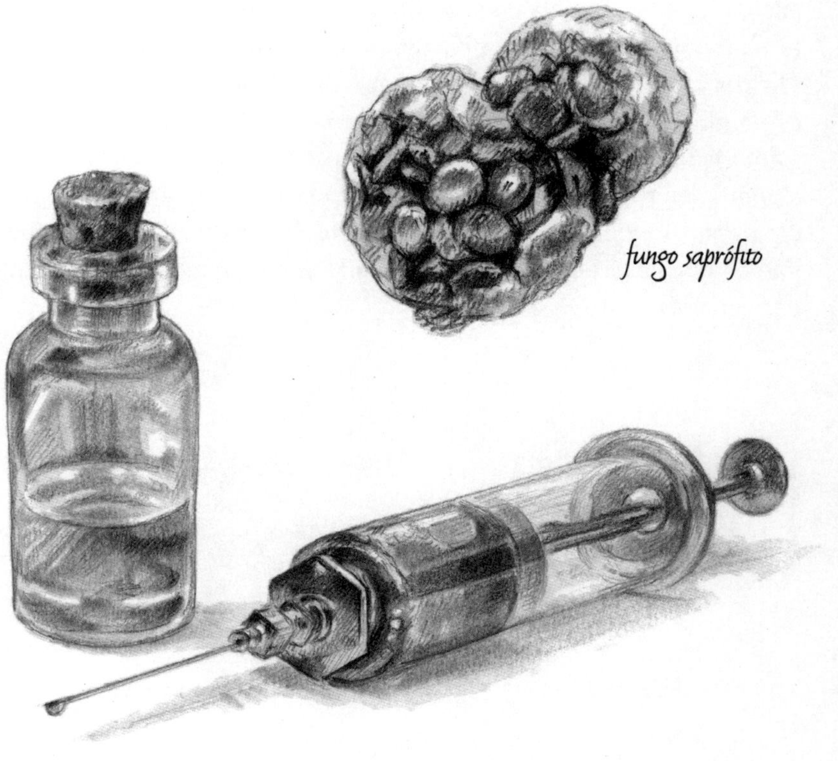

O vírus é então injetado uma segunda vez, para garantir que seus efeitos foram totalmente assimilados pelo organismo. Novas baixas ocorrem nessa etapa. Em casos muito raros, os sujeitos que melhor suportaram todo o processo podem ser submetidos a novas modificações. Essas modificações são frequentemente experimentais e envolvem riscos adicionais.

Ao final da Prova das Ervas, as crianças que sobreviveram tornam-se bruxos – embora ainda tenham um longo caminho a percorrer antes de poderem deixar a fortaleza. Eles saem da experiência mais resistentes a todos os venenos conhecidos, o que lhes permite ingerir diversas poções que aprimoram seus sentidos para o combate, o tipo de poção que seria mortal para qualquer ser humano normalmente constituído. Profundas modificações ocorreram em seus corpos, desacelerando os batimentos cardíacos – e lhes dando, inclusive, a capacidade presciente de controlá-los –, prolongando significativamente sua expectativa de vida e aumentando sua capacidade de cura. O vírus e os hormônios favoreceram o desenvolvimento de sua audição e olfato. Seus olhos, por fim, tornam-se semelhantes aos de um gato. Os bruxos conseguem, assim, controlar a dilatação das pupilas, a ponto de enxergar na escuridão quase completa. Como consequência dessas modificações, todos os jovens bruxos tornam-se estéreis. Parece que as alterações hormonais interrompem o desenvolvimento das gônadas.

Olho normal

Olho após a mutação

Soube que estava me tornando um velho Lobo na primeira vez que comecei a pensar com nostalgia nos meus anos de juventude e formação. É uma velha ladainha que o lar do salão acolhe a cada inverno. Os lamentos pelo tempo em que cada um contava suas contusões pairam todos os anos como brasas. Risos ecoam ao relembrar quedas memoráveis, os primeiros feitos e os erros mais tolos. Parece que chega um momento em que se dissolve em nossas mentes o quão dura e extenuante essa época realmente foi. Ela nos exigia, a cada dia, superar-nos um pouco mais, tanto física quanto mentalmente. Não creio que tenhamos esquecido as costelas quebradas, as fraturas e o sangue derramado durante os treinos, na Via, diante do carrossel ou nos confrontos com nossos mestres. Contudo, à medida que o tempo nos ensina a superar essas dores, acabamos por ocultá-las de nossa própria memória. Permanecem o calor do lar, o vínculo entre irmãos e um sentimento de avanço constante.

O aprendizado

No dia seguinte à Prova, o caminho ainda é longo. Cada jovem bruxo tem plena consciência disso. Ele já teve a oportunidade de observar seus veteranos treinando e percebeu a imensa diferença técnica que os separa. Também ouviu falar inúmeras vezes de coisas cuja existência sequer suspeitava, monstros que acreditava habitar apenas os contos. Nos primeiros dias, ao cair da noite, todos desabam de cansaço, cobertos de hematomas. É necessário algum tempo para que se acostumem ao ritmo do aprendizado e compreendam o nível de disciplina exigido.

O aprendizado de um bruxo é algo complexo. Ele se baseia em vários eixos teóricos e práticos, cuja combinação permite alcançar competência e perícia. Não há outro lugar, academia ou universidade, que permita tal cruzamento de conhecimentos. Hoje em dia, os centros de saber têm a lamentável tendência de favorecer uma especialização excessiva. Incentiva-se o estudante a observar o movimento das estrelas no céu, mas deixa-se que ele permaneça ignorante em relação às plantas simples que crescem ao seu redor. Eruditos e combatentes, é isso que são os bruxos, apesar do que o senso comum possa imaginar com base apenas no preconceito contra a espada que carregam. Eles não são brutos sanguinários incapazes de razão e equilíbrio. Eles focam no essencial, nada mais.

A morte de nossos irmãos e a nossa própria fazem parte da ordem natural das coisas. Aceitar a possibilidade da morte nos leva a evitar o apego. Não lamentamos nossos irmãos pelo que depositávamos de nós mesmos neles, mas pelo que eles eram, respeitando as escolhas que os levaram a esse fim, sem julgá-los. Nossa incapacidade de sentir emoções é frequentemente criticada. Há uma crença persistente de que a Prova e o treinamento nos tornariam insensíveis.

Aprender a morte

O primeiro ensinamento é o da morte. O caminho que o jovem bruxo escolhe o confronta com ela muito cedo, da forma mais brutal possível. Ver seus companheiros morrerem durante a Prova pode ser encarado como um trauma. No entanto, trata-se de uma etapa necessária e proposital, razão pela qual eles são confinados juntos nesse momento. Esse evento prepara a mente para uma verdade que os acompanhará por toda a sua longa existência: a morte pode atingir qualquer um, em qualquer lugar, a qualquer momento, sem que seja possível fazer nada para evitá-la.

Isso não significa que exista uma "aula sobre a morte" ministrada entre túmulos ou em alguma caverna sombria pelos mestres mais velhos. Essa verdade não precisa ser nomeada ou apontada. Ela deve ser vivida. Ao marcar o aprendizado do jovem bruxo, a morte torna-se uma evidência que ele aprende a não temer. Um medo assim faria sua mão tremer e poderia comprometer a lógica que o leva a lutar. À medida que a morte perde seu caráter impressionante, os veteranos garantem que essa nova concepção não se transforme em resignação, pois não é uma fatalidade. Trata-se apenas da ordem lógica das coisas. Os seres vivem e morrem. E alguns morrem mais rapidamente que outros, dependendo de suas decisões e dos riscos que escolhem correr.

Assim que essa estranha intimidade com a morte se estabelece, o bruxo alcança um estado que falta a muitos guerreiros. A possibilidade de sua própria morte torna-se apenas um dado a ser considerado, o que lhe confere maior lucidez e eficiência. Isso o impede de ser paralisado pelo medo ou de agir sob sua influência. Quer dizer, então, que os bruxos não sentem nada? Não é totalmente falso, mas também não é completamente verdadeiro. Trata-se, de fato, de uma forma avançada de dessensibilização, que varia de indivíduo para indivíduo.

A primeira vez na vida em que quebrei um osso foi no trepa--trepa. Fazia apenas um mês que Sorel e eu havíamos nos recuperado de nossas mutações. Estávamos começando o treinamento. Na minha vez, escorreguei logo na primeira tentativa nos postes, incapaz de manter o equilíbrio nas vigas. Minha queda terminou alguns metros abaixo, com minha canela se rompendo em um estalo que apavoraria os pinheiros que rangem à beira do Gwenllech. Isso acontece com muitos, mas não com todos. Felizmente, nossas constituições garantem uma recuperação rápida e, em idades tão jovens, a ausência de sequelas. Alguns de meus companheiros poderiam ter zombado de mim. Não o fizeram. Sorel quase quebrou a clavícula. Quanto aos bruxos da geração anterior, chamaram--me de "peru recheado", mais para diminuir o drama da situação do que para me humilhar. Eles sabiam muito bem que o fracasso não podia permanecer. Nessas circunstâncias, é costume entre os aprendizes de bruxo voltar imediatamente ao desafio. O objetivo não tem nada a ver com ego ou orgulho. É vencer o medo, evitar que ele plante as sementes de bloqueios futuros. A exposição e a repetição servem para domá-lo. Dado o estado em que minha canela se encontrava, isso foi impossível. E o medo se instalou.

Quando me apresentei diante do trepa-trepa uma semana depois, o medo me atingiu assim que subi nos primeiros degraus. Ainda carregava os hematomas da tentativa anterior, já amarelados. Os tendões da minha canela estavam mais rígidos do que nunca. O olhar severo de Rawat, que conduzia a lição naquele dia, me proibia de desistir. Mais uma vez, eu me lancei. Mais uma vez, caí ao chão. Foi então que o mestre, vendo minha expressão desolada, veio falar comigo enquanto eu espanava a poeira.

– Não foi tão ruim – disse ele. – Pelo menos agora você caiu sem quebrar o pé.

Lancei-lhe um olhar desconfiado, acreditando que fosse sarcasmo. No entanto, havia apenas sinceridade em sua voz. Suas palavras tinham o propósito de mostrar o quanto o caminho do aprendizado seria longo, e que até mesmo aquele fracasso e aquele medo haviam sido uma lição. Eu precisava aprender a paciência e a resiliência.

Aprender a combater

O aprendizado físico dos futuros bruxos não se preocupa muito com teoria. É costume que um mestre submeta os jovens muito cedo a uma prova. Ele os ordena a enfrentar o carrossel, subir no trepa-trepa ou desviar dos pêndulos. Todos se esforçam como podem. Todos falham. É uma maneira dos veteranos avaliarem a desenvoltura dos novos recrutas e, ao mesmo tempo, um meio para estes medirem seu próprio medo. Em geral – embora isso dependa do mestre e de seu humor –, só após duas ou três tentativas malsucedidas os primeiros conselhos são dados, e o ensino se concentra nos fundamentos.

O treinamento físico do jovem bruxo é essencial. Sem ele, não passa de uma lâmina cujo metal foi aprimorado, mas que não foi polido nem afiado. Esse treinamento inclui fortalecimento muscular, trabalho de posturas e manejo de armas, especialmente da espada. Os dias só se assemelham pelo cansaço que provocam. O aprendizado é rigoroso, mas variável. Depende do mestre que ensina, do clima no vale e das necessidades da fortaleza, já que os aprendizes são encarregados da manutenção. Assim, aprendem a disciplina e a camaradagem que devem uns aos outros.

Os bruxos possuem uma agilidade e rapidez de execução que frequentemente impressionam e dão a ilusão de uma dança. Isso não se deve apenas aos seus sentidos desenvolvidos, mas ao treinamento rigoroso que seguiram, ao custo de muitos esforços e inúmeras feridas. Na escola do Lobo, diversos dispositivos e ferramentas deixam uma marca duradoura no treinamento dos jovens bruxos.

A Via

A Via é também uma metáfora surpreendente que usamos entre nós. Serve para designar o trabalho que nos espera quando chega a primavera e deixamos a fortaleza. A empolgação toma conta de todos os bruxos nesse período. Sentimo-nos como quando éramos jovens aprendizes, prontos para correr até perder o fôlego na estrada do vale, conscientes do caminho a percorrer, mas ignorantes dos obstáculos e das surpresas que o pontuarão – e que serão completamente diferentes das experiências anteriores.

Todos os bruxos conhecem essa estrada acidentada e cheia de obstáculos que se estende ao redor da fortaleza. No início, ela é um elemento essencial do treinamento. Os aprendizes frequentemente correm por muitas horas seguidas nesse percurso. É nela que aprendem a controlar a respiração durante o esforço, enquanto trabalham a resistência e velocidade. Para aumentar a adaptação e evitar a monotonia, os mestres às vezes interferem, adicionando obstáculos: derrubando uma árvore aqui, fazendo rolar uma pedra ali. A Via é mutável, imprevisível. Muitos quase quebraram o pescoço ao cair em um buraco, ao pisar em um galho podre ou em uma pedra escorregadia. É por isso que esse caminho ganhou entre os jovens o apelido de "Caminho do Sofrimento".

Os pêndulos

Os pêndulos de Kaer Morhen já derrubaram muitos jovens bruxos. Além dos treinos contra os mestres ou seus companheiros, são eles que ensinam aos aprendizes os passos da esgrima e as técnicas de esquiva. No início do aprendizado, dois pêndulos estão em uso, mas todos os bruxos da escola do Lobo se lembram do dia em que um mestre anunciou que instalaria um terceiro. Assim como na Via, essa adição obriga o aprendiz a adaptar o que já aprendeu, enfrentando a monotonia e a regularidade, que em um combate real significam morte certa. Enfrentar os pêndulos e evitar seus golpes exige movimentos erráticos. O caráter imprevisível que o bruxo adquire nesse treino tem como objetivo confundir o adversário e tirar sua concentração.

> *"Então, você quer saber se algo pior que os pêndulos te espera? Pior seria acertá-los nas partes baixas. Não faça essa cara, isso já aconteceu com todos nós pelo menos uma vez!"*

Vesemir, jovem mestre de armas, para um novo recruta

O carrossel

Enquanto os pêndulos têm como objetivo treinar os corpos para movimentos de esquiva e recuo, além de trabalhar as fintas, o carrossel tem a função de preparar para ataques a curta distância. A velocidade de rotação de seus múltiplos braços permite desenvolver a rapidez dos ataques e das defesas, bem como a alternância entre ambos. Os aprendizes de bruxo sempre levam algum tempo para perceber que cada um de seus ataques pode gerar uma retaliação que devem bloquear ou esquivar. Como os mais jovens logo entendem, a fortaleza dispõe de vários tipos de carrosséis, permitindo praticar diferentes estilos de fintas.

O trepa-trepa

O pesadelo de muitos recrutas. O trepa-trepa exige a combinação de diferentes técnicas que precisam ser aprendidas separadamente. O equilíbrio é essencial para evitar cair no chão. Com esse dispositivo, o jovem bruxo entende a importância do posicionamento dos pés e da precisão nos apoios para avançar no ataque, esquivar ou contra-atacar. Caso contrário, inevitavelmente sentirá as vigas pressionando suas costelas a cada passo em falso.

A longa balança

Devido aos movimentos erráticos da longa balança, o bruxo precisa manter um equilíbrio constante. Ele deve realizar séries de combinações em que se alterna entre ataque e defesa. Suspenso acima do vazio, assim como no trepa-trepa, este dispositivo exige o uso de proteções para iniciantes. Quando os aprendizes se tornam mais confortáveis com o exercício, os mestres frequentemente os fazem duelar sobre a balança. Nesse caso, eles precisam levar em conta não apenas os movimentos gerados pelos próprios corpos, mas também os provocados pelos de seus adversários.

As proteções

No início do aprendizado, após a prova inicial imposta por um mestre, os jovens bruxos costumam ser equipados com algumas proteções para enfrentar os dispositivos de treinamento mais perigosos, como os pêndulos ou o trepa-trepa. De fabricação rudimentar, essas proteções foram confeccionadas pelos mestres e já serviram a várias gerações de aprendizes. Elas evitam que sofram ferimentos graves, embora não os impeçam de ficarem cobertos de hematomas. Assim que ganham prática e competência, deixam de utilizá-las.

Fazia apenas seis meses que Sorel e eu havíamos iniciado nosso treinamento. Já tínhamos aproveitado duas ocasiões em que Rawat adormecera no meio da lição para escaparmos e treinarmos uma defesa em quinta posição por conta própria. Na segunda vez, ele percebeu. Nenhum dos mestres nos disse nada durante todo o dia, quando normalmente teríamos recebido repreensões e castigos severos. Naquela noite, um dos mestres veio nos arrancar do sono e nos conduziu a pé pela floresta que margeava o oeste do vale. A caminhada durou quase uma hora. Nem eu nem Sorel ousamos fazer qualquer pergunta. Sabíamos que tinha a ver com nossa escapulida do dia anterior. Confesso que, por um momento, achei que seríamos expulsos da escola. Um rosnado nos fez saltar de susto. Acho que até me urinei – pelo menos é o que Sorel insiste em repetir toda vez que conta essa história. Foi com pavor que entendemos o motivo de estarmos ali: um basilisco. Um jovem. A criatura que havia sido o tema da lição do dia anterior. Não conseguimos responder às perguntas do mestre, nem dizer se o veneno do monstro vinha de seus dentes, garras ou cauda. Por um instante, acreditei que ele nos deixaria morrer em nossa ignorância sob os ataques da criatura, mas ele simplesmente a abateu. Assim como os bruxos antes de nós – e muitos outros depois –, aprendemos a prestar atenção nas lições.

Mais adiante, compartilharei meu Physiologus, *um compêndio das informações coletadas durante minhas caçadas, com foco nos monstros mais comuns que um bruxo pode encontrar. Será útil para os mais jovens, servindo como um lembrete das muitas lições orais que recebem, e também poderá fornecer detalhes ou observações importantes até mesmo para os mais experientes.*

Recomendo aos jovens bruxos que sigam meu exemplo e mantenham seu próprio caderno de anotações sobre os monstros que encontrarem. Certos detalhes sobre eles, como a constatação de uma nova mutação, por exemplo, serão certamente necessários

"Eu os convido, caros colegas, a interrogar, como eu, aqueles que chamamos de bruxos. Quanto à questão dos monstros que povoam o Continente, muitas de nossas referências datam de várias décadas, e estão ultrapassadas. Seria uma pena negligenciar a contribuição daqueles que combatem sua espécies. Considerem o estudo de nosso colega Papus, publicado no mês passado, que cogita mutações em galoiscos ao leste de Angra. Os bruxos em questão, que chamam tais criaturas de "cocatriz", constataram e documentaram essas mesmas mutações já há vinte e cinco anos!"

Discurso de Eusèbe de Salpêtre à cátedra de zoologia da academia de Oxenfurt, sob vaias dos colegas *para ajudar seus irmãos em suas missões. Tenho certeza de que também haverá, nestas páginas, histórias que animarão o fogo do lar durante as longas noites de inverno. Não hesitem em usar o futuro do pretérito caso haja incertezas.*

Conhecer seus inimigos

Por mais árduo e doloroso que seja o treinamento físico, os jovens bruxos o preferem às lições sobre os monstros, sua história e anatomia. Ávidos por feitos que impressionem os companheiros e ansiosos para descobrir ou aperfeiçoar uma nova técnica, eles se mostram impacientes. No entanto, todos reagem da mesma forma às primeiras lições: maravilhados ou aterrorizados com a ideia de que tais criaturas possam realmente existir no Continente. Após o impacto inicial, porém, eles têm dificuldade em entender a importância de conhecer um inimigo que nunca viram e cuja existência às vezes até questionam. Para mudar essa atitude e forma de pensar, a escola do Lobo tem uma tradição que reforça sistematicamente seu envolvimento: o confronto. Nenhum aprendiz escapa dele.

Contudo, antes de enfrentar pela primeira vez uma dessas criaturas, é essencial conhecer o mínimo sobre elas, nem que seja apenas para diferenciá-las e ter uma ideia básica do que pode ajudar a derrotá-las. Esse conhecimento já salvou a vida de muitos bruxos.

Aprender a meditar

"Tornar-se mestre de nossa mente exige tempo."

Shogam, *A harmonia do justo*

A meditação, ou a arte de se recolher em si mesmo para ganhar concentração, acuidade ou serenidade, pode parecer um tema incongruente em uma obra que trata de caçadores de monstros. Quando a maioria das pessoas pensa em bruxos, essa certamente não é a primeira imagem que lhes vem à mente. Aliás, provavelmente nem chega a surgir. Uma prática como essa é muito mais esperada, com lógica, das sacerdotisas de Melitele ou dos adeptos do Fogo Eterno, que se dedicam de bom grado à oração. O mesmo se aplica aos druidas, em sua busca por comunhão com a natureza.

Seu aprendizado, no entanto, começa muito cedo em Kaer Morhen e nas outras escolas. Meditar é extremamente útil para o bruxo. Por isso, não é raro avistar os mais jovens empoleirados em algum lugar alto, com as pernas cruzadas ou dobradas sob o corpo, olhos fechados, trabalhando para dominar corpo e mente. Nos primeiros momentos, isso é ainda mais difícil para eles do que ouvir as lições dos mestres. A mente, repleta de pensamentos, se dispersa, e o corpo se agita, ambos tomados pela impaciência. Aos poucos, porém, eles alcançam o nível de concentração extrema que precisarão atingir antes de caçar um monstro.

Assim, eles conseguem desenvolver uma consciência aguçada de seu corpo, músculos, até o menor batimento do coração. Para intensificar os efeitos meditativos, a ponto de torná-los quase transcendentais, o bruxo pode utilizar elixires específicos, como o Gavião, o Gaivota Branca ou, especialmente, o Abadejo. Embora o bruxo permaneça consciente do mundo ao seu redor durante a meditação, é preferível que ele não esteja em perigo iminente.

Além disso, a meditação revela-se extremamente prática em casos de ferimentos. Nesse estado de consciência avançado e controle corporal, o bruxo pode, ao reduzir os batimentos cardíacos, evitar uma perda excessiva de sangue ou impedir que um veneno fatal se espalhe rapidamente pelo organismo.

Jovem bruxo, aqui vai um conselho importante que desejo lhe dar: não negligencie a meditação. Nem agora, nem mais tarde. Antes de um confronto, mas também depois. Essa prática sempre trará algum benefício. Os ganhos não se limitam à sua capacidade de regeneração em caso de ferimentos. Estendem-se também ao equilíbrio e à perspectiva que terá sobre o mundo. Cada respiração nesses momentos agirá como um martelo na forja do seu desapego.

Aprender herbalismo e alquimia

Entre a vasta gama de talentos que todo bruxo desenvolve, as competências em herbalismo e alquimia ocupam um lugar importante. Não se trata de uma Grande Obra em busca da pedra filosofal ou de qualquer outro milagre de transmutação. Para derrotar monstros e proteger vidas, o que realmente importa é o fogo da sobrevivência e tudo o que pode ajudar a mantê-lo. O conhecimento das *simplicis herbae* (as ervas simples), suas interações e suas diversas propriedades mágicas naturais, assim como dos *composita* (os remédios compostos), incluindo venenos, é indispensável para o bruxo. Isso permite que ele confeccione poções, elixires, óleos, pós ou unguentos que usará antes, durante ou após um combate. Observe que isso não abrange a maioria dos encantos, feitiços e talismãs criados por magos e feiticeiras, cujos segredos e domínio os bruxos não possuem.

Ensinado aos jovens irmãos, este aprendizado assume um caráter essencialmente prático. O vale de Kaer Morhen, cuja natureza selvagem foi preservada por séculos, é repleto de plantas, animais e minerais, tornando-se um excelente campo de treinamento. Lá, eles descobrem e aprendem a reconhecer uma grande variedade de plantas, raízes, tubérculos, legumes e frutas. Diversos livros da biblioteca de Kaer Morhen tratam desses assuntos e permitem que os aprendizes observem desenhos detalhados de plantas que não são encontradas nas terras do Norte, mas que eles precisarão buscar e utilizar. As páginas mais valiosas desses livros trazem informações sobre plantas que desapareceram há várias décadas devido às mudanças e perturbações no mundo. Ao final de sua formação, os bruxos possuem um conhecimento sólido, embora bastante especializado.

Compartilhadas por muitas pessoas – sacerdotes, druidas, magos, herbalistas, boticários e muitos outros –, essas práticas se baseiam em um conjunto de conhecimentos comuns. Os bruxos também possuem esse conhecimento, mas, devido às suas mutações e às necessidades específicas de sua atividade, aprenderam a modificá-lo, adaptá-lo e superá-lo. Ao longo dos séculos, desenvolveram e aperfeiçoaram suas próprias receitas, o tipo de misturas que apenas eles suportam. Muitas pessoas morreriam após ingerir até mesmo um único gole da maioria de suas criações. Diferente de muitos *composita*, eles não hesitam em incluir ingredientes mágicos ou tóxicos em seus preparos.

As criações dos bruxos nesse campo, detalhadas mais extensamente no compêndio de alquimia, têm várias utilidades. Eles geralmente não precisam das composições mais simples, já que sua excelente constituição lhes permite lidar sozinhos com a maioria das doenças, ferimentos ou venenos que seriam fatais para os humanos. No entanto, algumas poções permitem que enfrentem os venenos mais perigosos ou os ferimentos mais graves. Muitos elixires ajudam a intensificar ainda mais seus sentidos antes de um combate, aprimorando sua acuidade sensorial ou cognitiva.

Ao longo da vida e das viagens, um bruxo complementa seus conhecimentos com novas descobertas, às vezes inéditas (como é o caso da modificação da Marrequinha, que eu mesmo inventei), que leva de volta à fortaleza. Devido à minha longa convalescença, tive a sorte de a Grande Sacerdotisa do templo, Talasi, permitir-me observar a estufa única que ela mantém em um dos cantos desta grande construção. Essa prática tem sido transmitida pelas Grandes Sacerdotisas por gerações e continuará após ela. Lá, tive a oportunidade de observar plantas que até então só havia visto em antigos grimórios. Com elas, ela cria poções, unguentos, elixires, emplastros, óleos e resinas que não se encontram em nenhum outro lugar. Isso só é possível graças a um cristal que compõe o teto e filtra os raios solares de forma semelhante ao que ocorria em eras antigas. Com uma das raridades que crescem ali, a Aranion, ela tentou aliviar minhas perturbações nervosas. Com a autorização dela, não deixarei de levar minhas observações de volta à fortaleza.

Aprender magia

Os bruxos não são magos no sentido que a maioria das pessoas entende. Essa é uma verdade que ninguém ousaria contestar, muito menos os próprios bruxos. O domínio do Caos, tal como praticado por magos e feiticeiras, exige um talento e um controle muito além de seu alcance, mesmo após a Prova das Ervas, que desperta neles um potencial latente. Os bruxos canalizam esse poder por meio de um método rudimentar, herdado de um período distante, quando os homens estavam apenas começando a descobrir suas habilidades. Trata-se dos Sinais. Esses Sinais não exigem praticamente nenhuma fórmula e são executados com as mãos e os dedos. Apesar de requererem menos concentração do que uma invocação completa, eles são muito úteis e, em certos casos, indispensáveis.

De todos os treinamentos que os jovens bruxos realizam, este não é o mais doloroso. No entanto, é o mais difícil. Dominar os Sinais exige um trabalho longo e árduo, baseado na concentração, na memória muscular e na repetição. Os movimentos do pulso e dos dedos devem ser realizados com precisão; caso contrário, o feitiço pode ser impreciso ou fraco. Aqui são apresentados apenas os principais Sinais ensinados na escola do Lobo. É claro que existem outros: alguns são guardados zelosamente por magos ou por outras escolas, enquanto outros simplesmente foram esquecidos. Como as fórmulas não podem ser transmitidas por escrito, o jovem bruxo que tiver dificuldades em memorizá-las deve se certificar de consultar seus mestres.

Aard

Este é um dos primeiros Sinais ensinados aos aprendizes, pois é o mais simples de realizar. Trata-se de um feitiço psicocinético. Quem o executa projeta uma onda de energia à sua frente. A potência da energia gerada depende da capacidade de concentração e da força de vontade do usuário. O Sinal de Aard pode ser usado de forma ofensiva, para desestabilizar um adversário ou até mesmo fazê-lo perder totalmente o equilíbrio. É uma tática muito eficaz para surpreender o inimigo e alterar o ritmo de um combate. Também é possível utilizá-lo de maneira defensiva, para deter o impacto de um golpe, de um projétil ou de uma onda de energia com força equivalente.

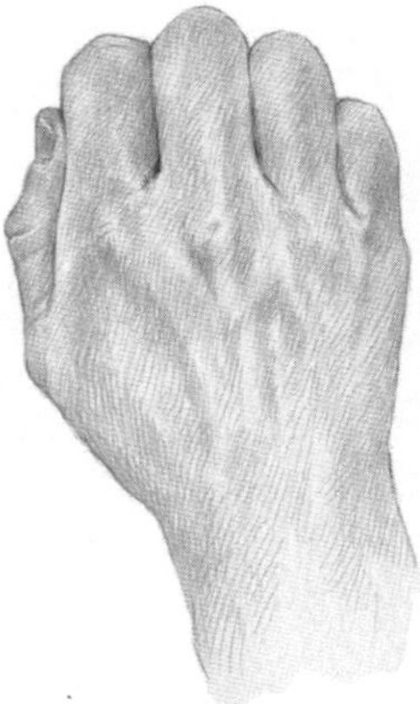

I. Punho fechado em direção ao alvo

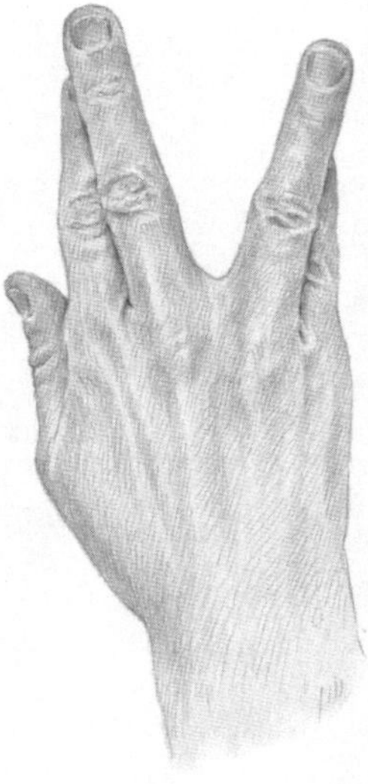

II. O espaçamento entre o dedo médio e o dedo mínimo determina a orientação da projeção

Dois movimentos rápidos são necessários para a execução do Sinal. O espaçamento entre o dedo médio e o dedo mínimo, ao final do segundo movimento, determina a orientação da projeção da energia. O jovem bruxo deve prestar atenção à postura devido ao efeito de coice que o Sinal provoca no corpo. A contração dos músculos do braço também é indispensável para garantir estabilidade e precisão na execução.

Axia

Este Sinal é mais complexo que o anterior, pois requer um movimento adicional para sua execução. Além disso, exige um alto nível de concentração. Trata-se de um feitiço psíquico que permite influenciar a mente de animais, humanos e da maioria dos humanoides, com exceção dos elfos, que são naturalmente resistentes a ele. É um encantamento útil para acalmar um cavalo assustado ou, ao contrário, instilar medo na mente de um predador para afastá-lo. Também é prático para influenciar mentes mais fracas, embora deva sempre ser usado com discernimento. O bruxo também pode aplicar este feitiço em si mesmo para tranquilizar sua mente e corpo, quando os métodos de meditação e controle interno não forem suficientes.

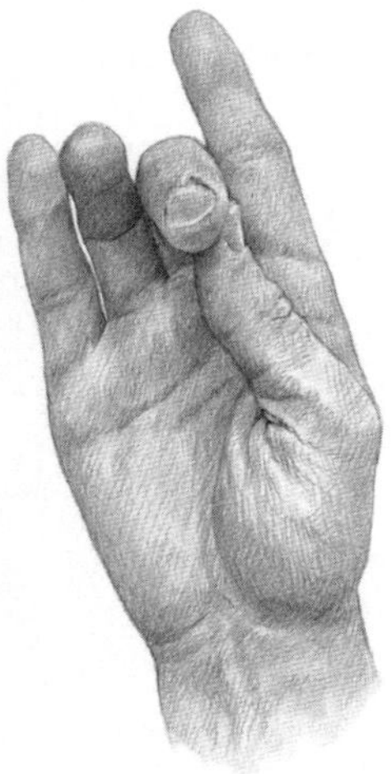

I. Orientação e foco no alvo

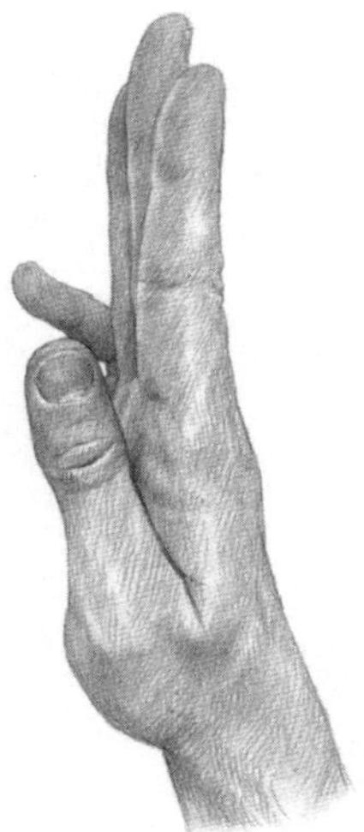

II. Aplicação do encantamento

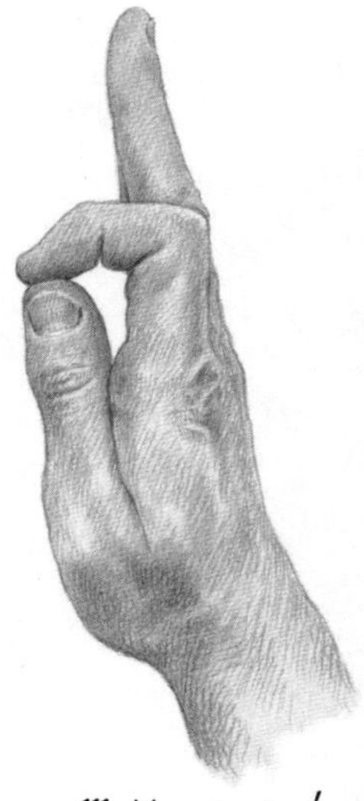

III. Manutenção do encantamento, com concentração

Três movimentos são necessários para realizar este Sinal. A discrição, mais do que a rapidez na execução, é o que importa, dependendo da natureza do alvo. O primeiro movimento serve para orientar o foco no alvo, enquanto o segundo e o terceiro estabelecem e selam o encantamento. Após realizar o Sinal, o bruxo deve permanecer concentrado para que o efeito não se desfaça.

Heliotrópio

Este Sinal cria uma barreira de energia localizada que reduz impactos e choques. À primeira vista, parece tão simples de realizar quanto o Sinal de Aard, já que requer apenas um movimento. No entanto, sendo um feitiço poderoso, exige grande capacidade de concentração. Sua dificuldade também reside no fato de que geralmente é utilizado em situações de emergência, nas quais é necessário reagir rapidamente. É um encantamento que o bruxo prefere usar em casos de quedas significativas ou quando é violentamente lançado por um monstro.

Para realizar o Sinal de Heliotrópio, o bruxo deve cruzar os punhos e as mãos diante de si e concentrar-se no impacto que está prestes a sofrer. Além disso, é necessário visualizar a área que será protegida.

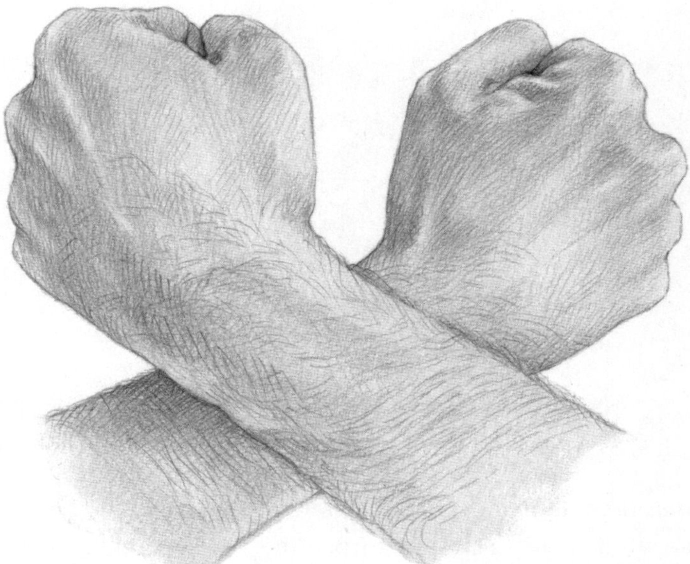

Punhos fechados e pulsos cruzados para reduzir o impacto

Igni

O Sinal de Igni permite projetar fogo. Para isso, recorre à magia desse elemento, que é o mais poderoso e o mais perigoso. Felizmente, por se tratar apenas de um Sinal, o bruxo não precisa temer seu uso, diferente dos magos e magas que extraem poder dele. A força do encantamento pode ser controlada pela vontade, variando desde uma simples faísca até um verdadeiro incêndio devastador. Os jovens bruxos muitas vezes temem queimar os dedos, mas isso é quase impossível. A combustão ocorre a vários centímetros de distância dos dedos e da pele.

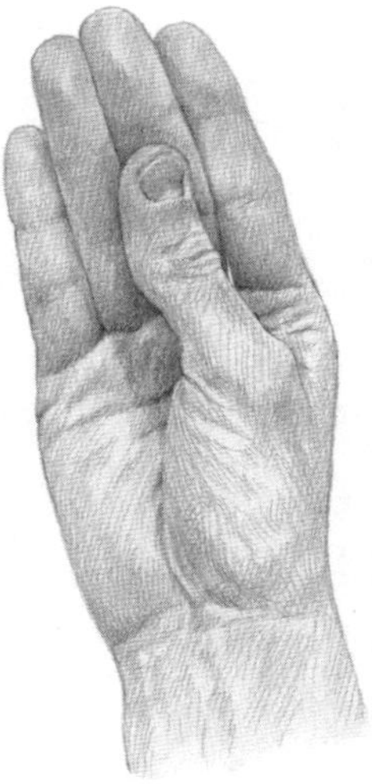

I. Lançamento do feitiço

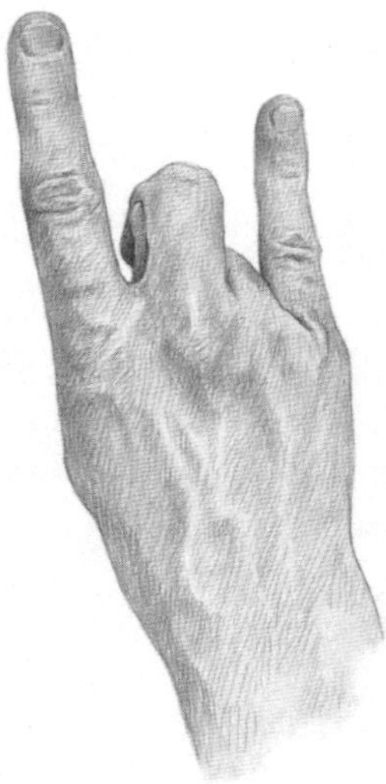

II. Projeção do fogo e controle da intensidade com o afastamento dos dedos

Após o primeiro movimento de ativação do feitiço de Igni, o bruxo orienta e controla sua projeção por meio do segundo movimento. A propagação do fogo pode ser intensificada ao afastar todos os dedos ou, ao contrário, ser limitada ao aproximá-los.

Quen

Mais poderoso que o Sinal de Heliotrópio, o de Quen cria uma proteção mágica oval, quase invisível, diante ou ao redor do bruxo. Essa barreira pode bloquear projéteis, golpes, projeções de magia básica (como um feitiço de fogo) e até ondas de choque, mesmo aquelas geradas por gritos. No entanto, o bruxo não pode manter esse Sinal indefinidamente. Seu oponente pode até mesmo quebrá-lo, dependendo da força que empregar contra ele. Se o bruxo for suficientemente experiente, ele pode formar a barreira para proteger outra pessoa.

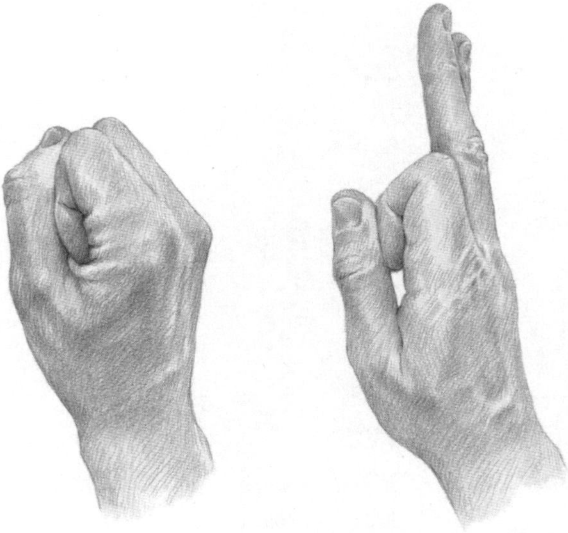

I. Punho fechado, polegar para fora

II. Indicador pressionado pelo polegar para materializar a proteção, mantendo a concentração

É o movimento de transição entre o primeiro e o segundo gesto que induz a projeção mágica. Uma vez que a proteção é formada, não é necessário manter a postura. A vontade e a concentração, no entanto, devem permanecer constantes. Vale ressaltar que, com experiência suficiente, um bruxo pode lançar esse feitiço com um único braço. Nesse caso, sua potência raramente será equivalente à de um feitiço lançado com ambas as mãos.

Yrden

O Sinal de Yrden é, acima de tudo, um encantamento de ocultação destinado ao combate contra criaturas mágicas. Ao lançá-lo sobre uma superfície material, o bruxo pode evitar ser detectado por essas criaturas, permitindo que finalize seus preparativos ou espere o momento oportuno para atacar. Em certas circunstâncias, e dependendo da potência empregada, o feitiço também pode ter um efeito de repulsão.

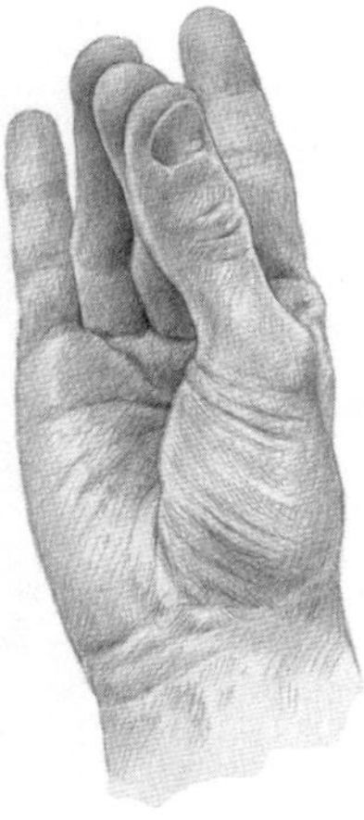

I. Dedo médio contra o polegar – preparação do feitiço

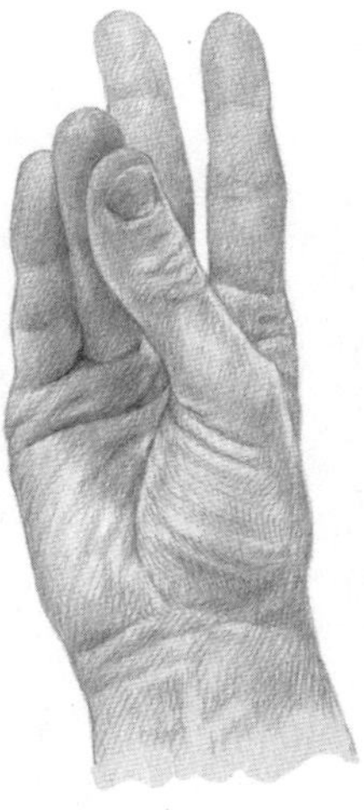

II. Anelar contra o polegar – segunda etapa da preparação

III. Aplicação do feitiço com pressão sobre uma superfície ou uma pessoa

Os jovens bruxos levam um certo tempo para dominar esse encantamento devido à sua complexidade e à necessidade de interação com uma superfície. Projetar energia mágica ao redor de si é uma coisa, mas canalizá-la em um elemento material é outra bem diferente. Muitos mestres afirmam que a chave está no movimento final de aplicação, no qual a pressão exercida pelos dedos reforça a vontade do bruxo.

O equipamento do bruxo

"Não é apenas a fabricação nem unicamente a habilidade do artesão que determina o valor de uma espada bruxesca. Assim como ocorre com as enigmáticas lâminas élficas ou gnômicas, cujo segredo se perdeu, o poder de uma espada de bruxo está ligado à mão e à inteligência de quem a empunha. E, precisamente graças aos arcanos da magia, ela é extremamente eficaz contra as forças obscuras."

Pandolfo Forteguerra, *Tratado sobre a arma branca*

Quando chega o momento de o jovem bruxo deixar a fortaleza, ele sai montado em uma mula magricela, vestindo a armadura remendada de um velho mestre que já não tem mais uso para ela. Para completar o equipamento e adquirir um cavalo digno, ele precisa negociar e aceitar seus primeiros contratos, matar seus primeiros monstros e embolsar seus primeiros ducados. É um novo aprendizado que o aguarda: a gestão de seus bens e dinheiro. De acordo com as criaturas que deve caçar e as regiões a explorar, ele precisa priorizar o essencial, buscar eficiência e comprar apenas o necessário – seja para reabastecer sua bolsa de alquimia, preparar poções, remendar o couro fervido da armadura ou simplesmente desfrutar do calor de uma estalagem. Com o passar das semanas, ele acaba reunindo tudo de que precisa e aprende a não desperdiçar moedas. No inverno seguinte, se ainda não tiver retornado a Kaer Morhen, poderá devolver ao mestre a velha armadura emprestada – ou, se for o caso, pagar-lhe em ouro tilintante, pois já compreende o verdadeiro valor das coisas.

As espadas

O que seria de um bruxo sem suas espadas? Um guerreiro que não demorará a virar alimento para as mandrágoras. É isso que os mestres ensinam aos aprendizes antes de colocar uma espada em suas mãos. Também fazem questão de deixar claro que essa lâmina não existe para tirar vidas, mas para salvá-las.

Todos os bruxos possuem duas espadas. Uma é feita de prata, forjada a partir de um meteorito caído do céu, enquanto a outra é de ferro. Dizem que a lâmina de prata serve apenas para matar monstros, mas isso não é inteiramente verdade. Alguns monstros, na realidade, são mais vulneráveis ao ferro do que à prata. Além disso, em meio ao caos do combate, e dependendo do que estiver ao alcance, não é incomum que a prata também corte carne humana.

Independentemente das circunstâncias, é sempre melhor que o bruxo leve consigo ambas as espadas ao viajar. De modo geral, a de ferro é presa à cintura ou fixada nas costas por uma tira de couro. Já a outra, com uma lâmina muito mais preciosa, costuma ser guardada junto ao restante das bolsas ou amarrada à sela do cavalo. Alguns bruxos já foram vistos carregando as duas espadas nas costas, uma configuração pouco prática e nada recomendada.

Como qualquer guerreiro digno, o bruxo cuida diariamente da manutenção de suas armas. Para isso, carrega sempre consigo os itens necessários: um pano, couro de cervo, pedra de amolar, óleos e pós que mantêm a resistência, o fio e a integridade das lâminas. O combate, o sangue dos monstros e até mesmo seus venenos podem rapidamente danificar as espadas. Acontece, portanto, de o bruxo contratar um ferreiro para manutenção, de modo que as armas durem mais tempo. Nesses casos, ele garante que o artesão saiba tratar corretamente a prata do meteorito.

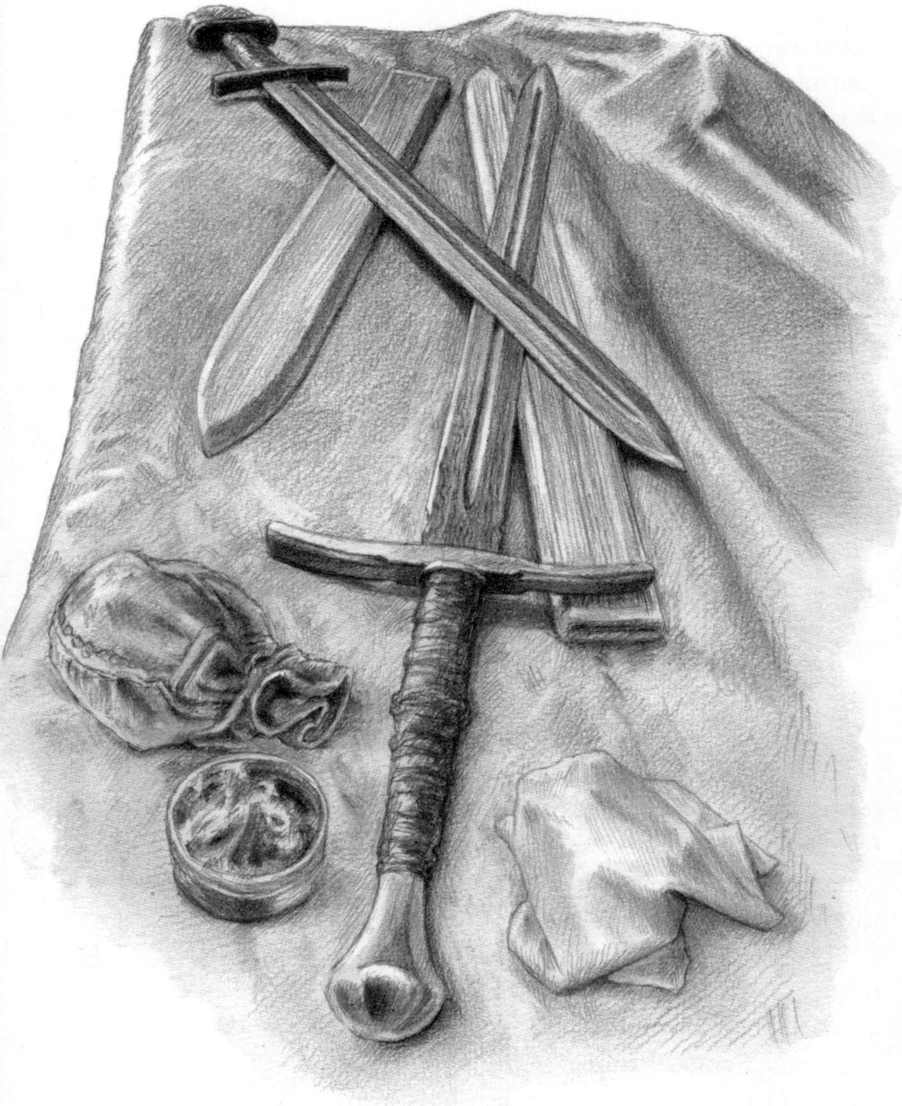

O medalhão

Assim como as espadas, o medalhão é indispensável para o bruxo. Ele traz gravada uma representação, muitas vezes única, de sua escola de origem: por exemplo, uma cabeça de lobo para um guerreiro da Escola do Lobo e, na maioria das vezes, um gato ou uma cabeça de gato para representar a Escola do Gato. Graças a esse pingente, o bruxo pode anunciar sua condição e especialidade ao povo, aonde quer que vá. Além disso, é um símbolo prático para distinguir bruxos de diferentes escolas, permitindo que identifiquem farsantes com facilidade.

São sobretudo as propriedades do medalhão que o tornam valioso. Forjado em prata, ele reage às emanações mágicas ao redor, e vibra, pulsa ou trepida na presença de uma manifestação do Caos. A intensidade dessa reação indica o nível de poder e o perigo que se aproxima. Pode detectar criaturas mágicas, magos e seus feitiços, encantamentos e maldições ativas, entre outras influências sobrenaturais. Nas noites de solstício, quando todo o Continente ressoa com magia, os medalhões não param de reagir. Contra o peito do bruxo, tornam-se um verdadeiro alarme, alertando para a presença de criaturas ou forças misteriosas. Por isso, o bruxo nunca se desfaz dele, nem mesmo ao dormir.

Isso não significa, no entanto, que o medalhão seja infalível. Assim como os Sinais, ele é rudimentar e serve apenas para alertar. Ele não aponta nem revela diretamente o perigo. Em algumas ocasiões, pode até mesmo falhar em detectar a proximidade de certas criaturas ou encantamentos. Esse é o caso, por exemplo, dos vampiros superiores, que aprenderam a se ocultar. Magos e feiticeiras também são capazes de mascarar, ao menos em parte, sua presença ou suas tentativas de espionagem contra os bruxos.

Dentro de uma mesma escola, os medalhões não são todos idênticos, e apresentam variações. Os novos bruxos recebem o seu apenas após sobreviverem à Prova das Ervas. Assim, ao longo de seu aprendizado, podem se acostumar com sua presença, seus efeitos e seus tremores. O medalhão de um bruxo falecido nunca é passado diretamente para um aprendiz. Antes, a prata é derretida e refundida para que uma nova peça seja forjada na fortaleza. Dessa forma, todo bruxo carrega consigo, constantemente, um fragmento da história de seus irmãos que já partiram.

As bolsas de alquimia e poções

As poções são essenciais para o bruxo. Apesar de suas inúmeras mutações, ele às vezes precisa aguçar certos sentidos, dependendo da criatura que enfrenta. Por isso, viaja sempre com um estojo ou uma bolsa de boa qualidade, guardada em suas alforjas, onde o vidro não corre risco de se quebrar. Dentro dela, frascos vazios, ervas frescas ou secas, pós, líquidos e outras matérias-primas são organizados e protegidos com extremo cuidado. Como muitos desses ingredientes são caros e raros, o bruxo trata sua bolsa de alquimia com grande atenção.

Além disso, uma pequena bolsa de couro, capaz de armazenar apenas alguns frascos, costuma ser presa ao cinto do bruxo, na lateral do corpo, seja na frente ou atrás. Isso lhe permite, em meio ao combate, ingerir rapidamente os elixires preparados antes da luta, caso a situação exija. Em jornadas mais longas, essa lista de itens se amplia, incluindo um almofariz, uma cornucópia e um pequeno cadinho.

O bruxo deve sempre garantir que sua bolsa esteja bem abastecida, possuindo ingredientes na quantidade e no frescor necessários para produzir as poções de uso mais comum, como Gavião, Papa-figos e Pigargo. Ele pode parar em certos locais para colher pessoalmente os componentes de que precisa ou adquiri-los com druidas, herbalistas e boticários.

A armadura

Sem uma proteção mínima, os bruxos ficam tão vulneráveis quanto vermes. No entanto, diante da maioria dos monstros – e também dos homens –, armaduras pesadas são desaconselháveis. A maioria dos bruxos detesta armaduras volumosas, preferindo confiar mais em sua agilidade e habilidade para evitar ataques do que na espessura do metal que cobre sua pele. Por isso, armaduras de placas, escamas, corseletes metálicos e couraças são sistematicamente evitadas. O ideal são armaduras acolchoadas ou de couro, leves e flexíveis, como armaduras de couro cravejado ou brigandinas. Reforços adicionais podem ser incorporados para aumentar a resistência dessas proteções.

Armaduras e proteções representam um dos primeiros custos para o bruxo. Após cada combate, ele precisa realizar reforços e reparos, quando não é obrigado a substituir peças inteiras. Se o trabalho estiver ao seu alcance, ele mesmo costura e mantém o couro e os tecidos em bom estado. Com o tempo, e à medida que ganham experiência e encontram diferentes desafios, os bruxos desenvolvem melhorias e adaptações significativas em armaduras já existentes. Essas modificações permitem maior amplitude de movimento e reforçam pontos vitais frequentemente visados por monstros.

A montaria

Ter uma montaria é quase indispensável para um bruxo, que precisa viajar para onde sua missão o levar. Muitas vezes, isso significa percorrer várias léguas entre um contrato e outro. Por isso, é melhor que ele seja autossuficiente, em vez de depender da generosidade dos homens – que, na maioria das vezes, não vale um vintém quando se trata de bruxos. Como mencionado anteriormente, o cavalo com o qual o jovem bruxo deixa a fortaleza raramente é mais do que um velho pangaré, no qual muitos de seus irmãos já treinaram montaria e esquivas. Ainda assim, trata-se de um animal robusto, capaz de levá-lo longe e com obediência. Afinal, docilidade e resistência são as qualidades mais valorizadas nesse companheiro de jornada.

Depois de cumprir alguns contratos, o bruxo pode considerar a compra de um cavalo mais prestigiado e de melhor qualidade, acostumado à guerra. No entanto, isso geralmente só acontece quando o pangaré herdado de Kaer Morhen está prestes a dar seu último suspiro – o que costuma ocorrer alguns anos após sua primeira jornada. Ainda assim, o bruxo não optará por um palafrém. Não há necessidade de que o animal seja treinado para cerimônias, muito menos para a guerra. Dada a natureza do trabalho de um bruxo, é impensável envolver a montaria em um combate, independentemente do monstro que esteja enfrentando. Isso seria arriscar tanto a vida do cavalo quanto a sua própria.

No entanto, é essencial que o animal seja capaz de suportar a proximidade das emanações mágicas, algo inevitável no caminho de um bruxo. Além disso, deve tolerar o transporte de alguns cadáveres malcheirosos. Os monstros abatidos – ou partes específicas deles –, seja para entrega aos contratantes, seja para revenda futura, muitas vezes acabam sendo carregados no lombo do cavalo ou arrastados por ele. Para as montarias mais teimosas, sempre há a possibilidade de recorrer ao Sinal de Axia para acalmar sua mente.

"Que loucura me passou pela cabeça para embarcar em uma jornada dessas? Queria descobrir se o que dizia aquele livro de contos élficos, encontrado por minha falecida mãe na loja do velho livreiro, era verdade. 'Um dia, você verá todas essas maravilhas! Ah, mas verá, sim!', gritava ela todas as noites. A primeira maravilha que vi foi o tifo que a devorou. Mas isso é outra história. Desde então, viajei e vi muitas coisas. Nem todas maravilhosas, é claro. Mas esta aqui estava na minha lista havia muito tempo."

Henry de Monfort, *À descoberta da Fortaleza do Antigo Mar, relato de um viajante dos Reinos do Norte*

Como mencionei antes, é impossível lembrar a primeira vez que atravessei os portões da fortaleza. Eu havia perdido a consciência. Creio até mesmo não tê-la avistado enquanto vagava pelos bosques do vale, faminto e enregelado. Minha primeira lembrança daquelas velhas pedras cinzentas foi do lado de dentro, quando o aroma de uma sopa de toucinho me arrancou do sono, fazendo meu estômago roncar. Uma sensação de segurança me invadiu de imediato, embora eu ainda estivesse em alerta. Tudo era calmo, tranquilo, e o ambiente estava quente – um alívio depois do frio que havia sentido, enquanto meus ouvidos ainda zumbiam com ecos de gritos. Não demorou para que eu percebesse vida nos corredores, e o salão ressoava com gargalhadas.

Logo me conduziram para fora. Após atravessar um labirinto de corredores escuros e passar por uma porta de ferro negro, encontrei-me no pátio. Faltou-me o ar. A sensação de grandiosidade emanada por Kaer Morhen é a lembrança mais vívida que tenho daquele momento. E não era apenas por causa de minha pequena estatura. A fortaleza era um colosso que parecia ter sido esculpido diretamente em uma montanha ainda mais imponente, como se pelas mãos de um gigante. Longe de me sentir esmagado por sua imponência, fui tomado por uma sensação de segurança ainda mais forte do que dentro de seus muros. Naquele vale, cercado por aquelas muralhas, tive a nítida impressão de que nada poderia me acontecer.

Na verdade, isso era apenas parcialmente verdade, considerando tudo o que ainda teria de suportar dentro daquelas muralhas e no vale ao redor. Ainda assim, a fortaleza é, sem dúvida, o lugar onde um bruxo mais se sente em casa, onde encontra o maior refúgio. Em quase todos os outros lugares, somos recebidos com escárnio e insultos – quando não, com olhares desconfiados e palavras odiosas murmuradas às nossas costas. Lá, porém, nos aguardam muralhas familiares, os rostos de nossos irmãos, o calor da grande lareira. Após longas jornadas e combates exaustivos, é lá que reencontramos nossas memórias e buscamos conforto, onde podemos tratar nossas feridas e cuidar de nossas cicatrizes. Onde também reverenciamos nossos mortos.

Kaer Morhen

Kaer Morhen, lar dos bruxos da Escola do Lobo, está situada no extremo nordeste das terras conhecidas do Continente. Aninhada contra os montes do Dragão, a fortaleza domina uma paisagem selvagem e de difícil acesso, cortada pelo rio Gwenllech. Não há certezas sobre a origem de Kaer Morhen ou sobre quem a construiu. Alguns acreditam que foi obra dos elfos, embora sua arquitetura difira dos padrões élficos conhecidos. Outros defendem que foram os anões, sem, no entanto, explicar por que teriam abandonado o local. Há ainda aqueles que sustentam que a construção é humana, hipótese pouco plausível. Afinal, Kaer Morhen é antiga. Muito antiga. Seu nome vem do idioma antigo: Caer a'Muirehen, que significa "A fortaleza do antigo mar". Prova de sua idade avançada são os fósseis incrustados em suas pedras, testemunhas silenciosas de um passado remoto.

Os arredores da fortaleza

Mais de um visitante já declarou ao chegar a Kaer Morhen: "A melhor maneira de encontrar a fortaleza é se perder". Eu já ouvi isso, assim como muitos antes de mim. Seguir o curso, por vezes turbulento, do rio Gwenllech, a leste de Ard Carraigh, pode parecer um bom caminho para alcançar o vale, mas está longe de ser suficiente. Uma natureza selvagem e exuberante, sem qualquer estrada aparente, aguarda aqueles que se aventuram por ali. Perder-se no meio da vegetação densa, reminiscente das florestas primordiais que outrora cobriram o Continente, é tão fácil quanto ser atacado por um predador faminto.

A única maneira verdadeiramente eficaz de alcançar a fortaleza de uma vez é conhecer a rota que leva até ela e, mais importante ainda, identificar as marcas que delimitam os acessos, seguindo-as até a Via. Graças a essa passagem – e desde que o viajante não torça o tornozelo em uma raiz traiçoeira –, é possível alcançar uma colina elevada, de onde finalmente se pode avistar a estrutura oculta entre os rochedos escarpados. Até esse ponto, nenhum mirante permite sequer um vislumbre dos muros ou da imponente torre central, exceto de alturas que ninguém, nem mesmo os bruxos, ousa escalar.

Além de garantir que os bruxos permaneçam discretos e não sejam incomodados em seu refúgio, essas terras indomadas abrigam uma fauna diversificada. Tanto os jovens quanto os mais velhos caçam regularmente nessas regiões. Às vezes, monstros surgem no vale, para a satisfação dos mestres, ávidos por lições ao ar livre e exercícios práticos. Os bruxos da Escola do Lobo – assim como os de outras escolas – observam atentamente os ecossistemas ao seu redor, bem como seu nicho ecológico, ou seja, seu equilíbrio e funcionamento, algo que buscam preservar.

O salão

Sem dúvida, este é o lugar mais acolhedor de toda a fortaleza. Ampla e de teto alto, abriga várias mesas grandes de madeira maciça, que já viram incontáveis canecas transbordando de bebida. É aqui que os bruxos se reúnem para se alimentar do que dois ou três de seus irmãos prepararam. Kaer Morhen não tem o luxo de manter um cozinheiro, então essa tarefa recai, em sistema de revezamento, sobre todos os Lobos que ali residem – o mesmo vale, na verdade, para as demais tarefas de manutenção da fortaleza. Nas horas das refeições e no auge do inverno, o salão ressoa com conversas animadas, mastigações ruidosas e o tilintar das canecas.

Em um dos lados do salão, uma lareira imensa, capaz de engolir vários troncos de uma vez, arde ao entardecer e se mantém acesa boa parte da noite, espalhando um calor reconfortante. É ao redor dela que os irmãos, passando a aguardente de mão em mão, compartilham suas histórias. Com o avanço da bebida, essas histórias acabam mencionando mais mulheres do que monstros. As paredes são decoradas com troféus acumulados pelos bruxos ao longo das décadas. Ali, um crânio de basilisco; mais adiante, a mão com garras afiadas de um nevoloso. Entre as peças mais impressionantes está a mandíbula de um dragão. Nenhum bruxo, evidentemente, o abateu. Seus ossos foram encontrados no vale, ao pé das ruínas de um antigo campanário, na fronteira com os montes do Dragão, onde sempre caem as primeiras nevascas.

O salão também é o local típico para reuniões. Quando a Escola precisa tomar uma decisão – e nunca o faz em segredo –, é lá que todos os irmãos presentes dentro das muralhas se reúnem para debater

"'A montante do Gwenllech ergue-se a Fortaleza do Antigo Mar, que ninguém jamais conquistou e que ninguém jamais poderia tomar.' Era isso que proclamavam as velhas runas. Já fazia dois dias que eu havia deixado Ard Carraigh montado em minha mula, e a floresta mais densa que já vi na vida se fechava ao meu redor. Uma verdadeira desgraça. Um urso quase me estraçalhou. Outra desgraça. Se eu tivesse vários séculos de idade, poderia acreditar que havia voltado ao tempo dos primeiros desembarques, quando as primeiras cartas náuticas ainda eram esboçadas sob o comando de Abrad, o Velho Carvalho."

Henry de Monfort, *À descoberta da Fortaleza do Antigo Mar, relato de um viajante dos Reinos do Norte* e confrontar pontos de vista. Na maioria das vezes, o assunto em questão é a melhor maneira de recusar uma oferta de algum senhor que não compreendeu a verdadeira natureza do ofício de bruxo. No entanto, há momentos em que as discussões envolvem questões muito mais sérias. Foi o que aconteceu no outono do ano passado, logo após as primeiras publicações do *Monstrum*. Todos os mestres reuniram-se para avaliar a gravidade da ameaça que pairava sobre os bruxos.

A biblioteca

Quem imaginaria que um refúgio de caçadores de monstros abrigaria uma biblioteca bem abastecida e preservada? Poucos acreditariam nisso. No entanto, a Escola do Lobo possui um grande acervo de livros e pergaminhos. Muitos deles tornaram-se raros com o passar das décadas; alguns são verdadeiras relíquias, cujas páginas, apesar de todos os esforços de conservação da escola, estão mais secas e enrugadas que o deserto de Korath. Entre os títulos encontrados ali estão clássicos como *Meditações sobre saúde, felicidade e prosperidade*, de Nicodemus de Boot, *A história do mundo*, de Roderick de Novembre, o *Codex de Mirthe*, o *Dhu dwimmermorc*, o *Aerd aercane*, alguns volumes de *Ars Magica*, a extensa *Enciclopédia* de Derameg, vários exemplares antigos do *Physiologus*, o *Theatrum chimicum*, a *Tábua de esmeralda* e uma infinidade de outros escritos.

As prateleiras de Kaer Morhen, no entanto, estão longe de ser tão ricas e completas quanto as da Academia de Oxenfurt. Os bruxos compram e mantêm apenas o que lhes é útil em sua profissão e compreensão do mundo. Não se preocupam com ficção, poesia ou ensaios rebuscados sobre política ou as façanhas de cavaleiros valorosos. Em contrapartida, sua biblioteca contém tratados de alquimia, herbalismo, medicina e fenômenos sobrenaturais – leituras de grande valor, mesmo quando repletas de superstições. Também há livros mais obscuros, mais ocultos, do tipo que muitos religiosos prefeririam ver consumidos pelo fogo em nome da preservação das almas. Essa coleção especializada ajuda os bruxos a acompanhar as supostas ou comprovadas evoluções das criaturas e dos monstros que habitam o Continente.

Sem dúvida, foi essa biblioteca – velha, empoeirada e gelada – que muito cedo me despertou o gosto pela leitura e pelo conhecimento e, em parte, o desejo de escrever. Tenho a intuição de que, entre essas paredes sobrecarregadas de livros, alimentei meu sonho irrealista. Por um tempo, Sorel tinha o irritante hábito de me chamar de "ratosomem de biblioteca". Ainda faz isso de vez em quando, embora com menos frequência. Poucos bruxos contribuíram para o edifício do conhecimento por meio da escrita. Normalmente, o que temos a dizer sobre o mundo, nossas observações como caçadores e nossos feitos, acaba sendo espalhado por alguns trovadores – às vezes até sem nosso consentimento. Somos feitos para empunhar a espada, não a pena. Os raríssimos mestres que um dia escreveram algo o fizeram apenas depois de atingir uma idade avançada.

Os quartos e a torre alta

Dada a monumentalidade da fortaleza, os inúmeros quartos que se espalham por seus corredores permitem que cada bruxo tenha um espaço individual. No entanto, em períodos de grande afluência, os mais jovens podem ser obrigados a dividir um mesmo aposento – isso quando não estão alojados em partes mais escuras do castelo, seja por conta de seu treinamento ou como punição por desobediência. Na verdade, os quartos são chamados de "celas", devido à sua simplicidade extrema. O mobiliário se resume ao essencial: uma cama feita de tábuas de madeira, um banco, um baú e, ocasionalmente, uma mesa. Nada mais, nada menos – e isso já é o suficiente. Os mais jovens aprendem, desde cedo, a se contentar com pouco e a viver em condições austeras. Afinal, nas estradas, nos vilarejos e durante suas missões, dificilmente encontrarão algo melhor – na maioria das vezes, é muito pior.

É apenas com o suor de seu próprio esforço que os bruxos trazem alguma personalidade a esses espaços despojados. Não fabricando novos móveis, mas pendurando nas paredes as peles dos animais que conseguiram abater. Faz sentido; afinal, são treinados para se tornarem caçadores de monstros, não marceneiros. As peles exibidas variam entre lobos, cervos, javalis e carcajus. Para os feitos mais impressionantes, há troféus de linces e ursos. Ninguém sabe exatamente de onde surgiu essa tradição, mas ela permite que os mais jovens, ansiosos por provar seu valor e se comparar aos outros, ostentem até mesmo a menor de suas conquistas. Nos primeiros tempos, chegam ao ponto de pendurar peles de criaturas insignificantes – como uma simples lontra.

Os convidados de prestígio, embora raros, são acomodados na torre alta. Ainda que não ofereça o mesmo conforto das melhores estalagens de Kaedwen, suas acomodações são bem menos austeras do que as celas dos bruxos. O leito é confortável e, além de um mobiliário mais completo, há uma janela que se abre para o pátio interno, proporcionando uma visão panorâmica do vale. Poucas pessoas têm o privilégio de se hospedar ali, pois a escola preza pela discrição. Na maioria das vezes, os ocupantes desses aposentos são magos ou eruditos com os quais a escola manteve, em algum momento, interesses em comum.

A sala de armas

Ela é essencialmente o domínio de Vesemir, e de muitos outros mestres de armas antes dele. Não existe uma verdadeira hierarquia entre os bruxos, exceto aquela que distingue os mestres dos aprendizes, e os mestres mais velhos dos mais jovens. No entanto, os mestres de armas são considerados entre os mais respeitados, e suas lições são as mais aguardadas. Esse fato é ainda mais verdadeiro com Vesemir. Apesar de sua juventude, ele conseguiu se impor por seu caráter intransigente. Rapidamente conquistou o respeito de todos os irmãos por sua retidão, sua franqueza e suas análises. Não há um único dos recentes recrutas que não tenha recebido uma dura correção de sua parte. Apesar disso, todos o admiram.

Quando os bruxos não estão treinando no pátio, utilizando os diferentes dispositivos ou em meio à natureza, é na sala de armas que se reúnem. Ali, sob as instruções do mestre de armas ou de forma autônoma, eles praticam o manejo de suas espadas, diferentes golpes e posturas. Esse espaço também lhes permite experimentar outros tipos de armas. Embora a espada seja amplamente preferida pelos bruxos, é essencial que saibam manusear a maioria das armas, pois ninguém sabe em que circunstâncias poderão ser forçados a lutar. Rapieiras, machados, martelos de guerra, manguais, tarascas, partasanas e outras armas de haste – há de tudo nos suportes de armas.

O laboratório

Nenhum lugar é mais secreto e mais bem guardado do que o laboratório. Ali, um mago, cujo nome é mantido em sigilo, reside durante boa parte do ano. Sua presença pode parecer enigmática para muitos à primeira vista, mas é indispensável. Ele se dedica ao estudo das diferentes mutações dos monstros, baseando-se nos relatos trazidos pelos bruxos ou, melhor ainda, nas provas que lhe fornecem. No entanto, sua principal função é preparar e supervisionar a Prova das Ervas, além de acompanhar as mutações e o estado de saúde dos jovens recrutas. Dada a importância da magia nesse processo, em várias etapas cruciais, seria impossível criar novos bruxos sem sua presença. Nos primeiros tempos, talvez fosse possível continuar com as reservas

de misturas e vírus cuidadosamente preservadas. No entanto, chegaria o momento em que, sem seu conhecimento e habilidades, essa tarefa se tornaria inviável.

Alguns mestres afirmam que ele é tão antigo quanto a Escola do Lobo e que teria participado da criação dos primeiros bruxos, há vários séculos. Dizem até que foi discípulo do mago Alzur. É possível duvidar dessas alegações, embora sua avançada idade, ocultada por encantos e feitiços, seja evidenciada por seu vasto conhecimento. Ele próprio jamais desmentiu tais rumores. Isso se deve, em grande parte, ao seu caráter peculiar. De fato, o mago quase nunca interage com os bruxos e não compartilha refeições nem celebrações com eles. Raramente aparece, mesmo durante festividades como Belleteyn, Saovine, Midinváerne e Midaëte. Passa a maior parte do tempo trancado no laboratório, mergulhado em velhos grimórios e em suas experiências.

O referido laboratório está repleto de objetos e ferramentas de todos os tipos. Primeiro, há os livros, que não têm lugar na biblioteca de Kaer Morhen. São preciosos demais para serem manuseados por qualquer um, úteis demais para ficarem distantes e secretos demais para serem compartilhados – algo que todos respeitam. Também há uma grande quantidade de utensílios, tornando-o um dos laboratórios mais bem equipados do norte de Kaedwen. No subsolo, um forno, inúmeros frascos, funis, moldes, alambiques, cucúrbitas, ampulhetas e cadinhos preenchem o espaço, amontoados sobre pesadas prateleiras de madeira. O mesmo ocorre com os diversos ingredientes: plantas secas, minerais, líquidos, soluções e outras matérias-primas.

Por fim, encontram-se ali todo tipo de coisas, no mínimo, estranhas, armazenadas há séculos em frascos de diferentes tamanhos, alinhados até nos cantos mais remotos do laboratório. Plantas esquecidas, órgãos, partes inteiras ou fragmentos de monstros flutuam em substâncias que os preservam do desgaste do tempo. É um verdadeiro gabinete de curiosidades, tão denso que, por falta de espaço, se estende até alguns dos porões. Mais cedo ou mais tarde, todos os jovens bruxos são convidados a explorá-lo, com olhares que variam entre o fascínio, o espanto e, muitas vezes, o puro terror.

Há também várias mesas de experimentos. São nelas que as crianças são imobilizadas ao passar pela Prova das Ervas e receber a inoculação do vírus. Quase todos os bruxos se lembram do contato gélido dessas superfícies, tão frias que parecem queimar, do aspecto austero e sua presença imponente. Afinal, elas não devem se deslocar, mesmo quando aqueles sobre elas se debatem. São essas mesmas mesas que acolhem um bruxo ferido ao retornar à fortaleza – algo que acontece com certa frequência. O mago então assume os cuidados, sem dizer uma palavra.

Está na natureza dos bruxos desprezar o curso do mundo, e é por isso que, ao apresentar o Continente, tomei o cuidado de não mencionar política, disputas diplomáticas, guerras, conquistas ou crises de sucessão. Nada disso tem a menor importância. E não deve ter. A neutralidade é uma regra de ouro que impede o bruxo de tomar partido. Mercenários, espiões e assassinos existem para isso.

Na minha opinião, não há lugar melhor do que Kaer Morhen para forjar esse desapego, onde tudo parece tão distante, tão efêmero. Vesemir é, sem dúvida, quem melhor transmite essa ideia aos novos recrutas, especialmente àqueles que ainda não se desvencilharam completamente de sua antiga vida e, nos primeiros tempos, aguardam impacientes por notícias do mundo.

Reconheço que esse princípio não é o mais fácil de desenvolver e manter. Em algum momento, todos nós já nos vimos encurralados, forçados a romper com a neutralidade, a erguer as armas para garantir nossa própria sobrevivência ou a de nossos irmãos. Mas, inevitavelmente, sempre retornamos a esse princípio. Quando outros não-humanos sofrem discriminações e insultos – do mesmo tipo que enfrentamos em nossas jornadas –, a tentação de desembainhar a espada é grande. E, ainda assim, devemos resistir. Não nos envolvemos, pois nosso lugar é outro. Cada decisão nesse sentido nos ajuda a nos distanciar um pouco mais da marcha do mundo. Nos primeiros tempos, isso é difícil, às vezes até impossível, para os mais impetuosos. Por isso, ao longo das décadas, a Escola do Lobo estabeleceu um "Código do Bruxo", que os orienta na conduta adequada. Entre seus princípios fundamentais, está justamente a importância do desapego.

Neutralidade e mandamentos

Sobre a neutralidade

"Pouco importa se o mundo queima, se os reis se degolam e se envenenam. Isso não deve nos afetar, não deve nos comover. Nossa tarefa e nosso papel não estão nessas grandes intrigas. Nada temos a ver com elas. Eles vêm e vão, triunfantes, vociferando, caídos, lamentando-se. Tudo o que importa é matar monstros para que eles não matem pessoas. O resto são apenas histórias."

Vesemir, jovem mestre de armas, a um novo recruta

A conduta do bruxo no mundo é singular. Ele cumpre seu papel, leva sua existência – nada além disso. Não causa alvoroço, não se destaca, a menos que sua vida esteja ameaçada ou que alguém lhe falte com respeito de maneira excessiva. Ele simplesmente segue seu caminho: elimina o monstro, se houver um na região, negocia a recompensa, recebe o pagamento e parte. Seu impacto no microcosmo humano que atravessa se resume à eliminação de um perigo mortal ou de uma grande ameaça. Talvez seja justamente esse caráter enigmático, essa impossibilidade de ser comprado para missões além daquelas que ele mesmo se impõe, de ser manipulado ou convertido, que leva seus detratores a vê-lo como parte de um complô sombrio e perigoso. Ainda assim, esse desapego em relação ao mundo e seus conflitos é um princípio fundamental – e, de certa forma, implicitamente codificado – na ordem dos bruxos.

O Código do Bruxo

Nenhum pergaminho é entregue aos novos recrutas que se tornam bruxos após a Prova das Ervas. Trata-se de algo muito mais implícito. Esse código surge do treinamento e dos ensinamentos transmitidos pelos mestres. Ele pode ser mutável, múltiplo e, com o passar dos anos, torna-se cada vez mais pessoal para cada um. Nem todos os bruxos obedecem à risca os princípios que se seguem. Além disso, a lista está longe de ser exaustiva e se concentra apenas nos fundamentos essenciais. Ela serve para que os mais jovens mantenham uma boa conduta e para que aqueles de fora da ordem compreendam melhor algumas de suas motivações.

Não manchar a reputação dos bruxos

Todo bruxo que se apresenta como tal e aceita um contrato de caça não é responsável apenas por sua própria reputação ou pela de sua escola, mas pela de toda a ordem dos bruxos. Aqueles que estão dispostos a pagar por seus serviços não se preocupam em saber se ele é um Lobo ou um Gato. Para eles, é apenas um caçador de monstros, pertencente a uma casta cuja natureza é difícil de compreender e que inspira medo. Por isso, todo bruxo deve estar atento à imagem que transmite e às suas ações. É preferível evitar ainda mais desconfiança com confrontos sangrentos ou atos condenáveis pelas leis dos reinos. Além disso, um bruxo deve saber recusar um contrato de caça para o qual não se sente preparado. Aceitá-lo seria colocar em risco a credibilidade dos talentos e métodos de sua ordem. Se necessário, ele pode recorrer ao auxílio de um irmão ou deixar a tarefa para um mestre mais experiente.

Não trabalhar com preços muito baixos

A negociação é um talento essencial que todo bruxo deve aprender a desenvolver. Ele deve definir antecipadamente o valor da recompensa que receberá ao concluir um contrato de caça. Frequentemente, as pessoas reclamam dos preços cobrados, insinuando que os bruxos existem apenas para arrancar-lhes moedas. Por todo o Continente, há aqueles que tentam pagar menos do que deveriam aos caçadores de monstros – seja por ignorância, seja por avareza –, mesmo sabendo que esses guerreiros enfrentam grandes perigos. Esquecem-se de que é a vida do bruxo que está em risco, e que tal sacrifício vale mais do que algumas míseras moedas. Assim, mesmo que um bruxo esteja passando necessidade e não tenha comido há dois dias, ele deve evitar desvalorizar seu talento. Se o fizesse, aqueles que mal conheciam sua existência logo espalhariam a notícia, e os preços das caçadas cairiam drasticamente.

Evitar matar criaturas inteligentes

Nem todas as criaturas do Continente têm sede de sangue ou representam uma ameaça para os humanos e outros humanoides. Na Escola do Lobo, os bruxos aprendem a não matar seres dotados de consciência e razão sem um motivo legítimo. Há, em certos casos, outros caminhos a seguir para impedir que um troll, um silvano, um trasgo batedor ou até mesmo um lobisomem continue causando problemas. Conversar, negociar ou, em último caso, assustá-los para que cessem suas ações ou se afastem dos vilarejos pode ser suficiente. É claro que, se não houver outra opção e a criatura se mostrar irredutível, o bruxo não hesitará em eliminá-la.

Não se envolver na marcha do mundo

Como mencionado anteriormente, o bruxo não se envolve nos assuntos do mundo. Ele se concentra apenas na tarefa que lhe cabe. É por isso que, frequentemente, os bruxos recusam contratos como mercenários e utilizam suas habilidades apenas para caçar monstros. Um bruxo não pertence a nenhuma nação, nenhum reino. Embora aceite se submeter às leis locais, isso não faz dele um súdito. Sua independência é essencial, e ele se esforça para reafirmá-la e explicá-la sempre que necessário. Ele está à margem – e assim permanece, mesmo quando as guerras irrompem.

Manter em segredo os mistérios dos bruxos

Fora dos muros de sua escola, os bruxos devem tomar cuidado para não revelar demasiados detalhes sobre os mistérios de sua ordem. À primeira vista, esse princípio pode parecer contraditório, considerando o conteúdo deste escrito e tudo o que ele expõe. No entanto, é importante destacar que ele se limita a apresentar o papel do caçador de monstros e a formação que o conduz a esse caminho. Muitas informações permanecem ocultas, pois só têm valor e significado para os próprios bruxos. Isso inclui desde as fórmulas que acompanham certos Sinais, transmitidas apenas oralmente, até os ingredientes das poções e práticas que dizem respeito exclusivamente à ordem.

Não há aqui qualquer ocultação gratuita. Antes de tudo, há uma questão de segurança – tanto a dos bruxos quanto a daqueles que poderiam ser tentados a utilizar certos conhecimentos, como a fabricação de uma poção, correndo o risco de se envenenar. Além disso, há uma verdade que não é exclusiva à ordem dos bruxos, mas que muitas profissões baseadas no aprendizado reconhecem, compreendem e respeitam: o Caminho do Bruxo é empírico. Ele se forma por meio da experiência e do compartilhamento com seus irmãos. Revelar tudo indiscriminadamente, por exemplo, nestas páginas destinadas aos mais jovens, iria contra esse princípio.

Não matar seus irmãos

Um bruxo não deve matar outro bruxo. Esse princípio se aplica independentemente das desavenças entre eles, mesmo quando pertencem a escolas diferentes. A unidade da ordem em todo o Continente é essencial. Em casos extremamente raros – algo que ocorreu apenas algumas vezes desde a fundação da Escola do Lobo –, o destino de um bruxo que se desvia do Caminho e cujas ações prejudicam a todos é decidido pela maioria de seus irmãos.

Não favorecer a proliferação de monstros

Essa é uma das acusações lançadas contra os bruxos pelo *Monstrum*. Segundo esse texto, os bruxos, movidos pela malícia e por seu conhecimento das criaturas, fomentariam o crescimento da população de monstros no Continente para garantir que sua fonte de renda nunca se esgote. Seus detratores exploram o paradoxo central de sua existência: matar justamente aquilo que lhes dá sustento. Pior ainda, o *Monstrum* chega a afirmar que certos eventos trágicos, como o massacre de Carreras ocorrido há cerca de dez anos, teriam sido, na verdade, orquestrados pelos próprios bruxos. Segundo essa acusação absurda, teriam libertado ghouls nos arredores da cidade apenas para depois exterminá-los e embolsar uma grande recompensa. Essa alegação é inaceitável. Os bruxos, atentos ao equilíbrio ecológico e ao impacto de suas ações, avaliam com inteligência cada intervenção e jamais incentivariam a proliferação de qualquer espécie de monstro.

Isso resume o essencial, algo que deve dar material para reflexão aos novos recrutas e, ao mesmo tempo, relembrar aos mais antigos os princípios que, em momentos de desvio, tomados pelo orgulho, podem acabar esquecendo. Invocar esse famoso "Código" também pode ser útil aos bruxos para recusar certas solicitações que não cabem em suas atribuições ou para evitar a perseguição de um monstro que, na realidade, não existe – exceto na imaginação daqueles que acreditam nele (o que acontece com frequência). De qualquer forma, o Código deve sempre ser adaptado e complementado conforme necessário.

O futuro dos bruxos

> *"É de conhecimento público que, ao infligir dor, sofrimento e morte, o bruxo experimenta um prazer semelhante àquele que um homem piedoso e virtuoso só conhece ao copular com sua legítima esposa, acompanhando-se da devida ejaculação. Dessa observação, conclui-se que, também nesse aspecto, o bruxo é um monstro antinatural – um pervertido amoral e abjeto, nascido do mais sombrio e pestilento inferno, pois apenas o diabo poderia encontrar prazer na dor e no sofrimento."*
>
> *Monstrum, ou a descrição de um bruxo*

Imaginar o futuro da ordem dos bruxos sem o risco e a ameaça que a cercam é impossível. Dois grandes perigos, de temporalidade distintas, pesam sobre ela. O primeiro, e mais iminente, vem justamente daqueles que os caçadores de monstros se dedicam a proteger – pessoas cuja aversão aos bruxos tem crescido nos últimos tempos. Alimentadas pelo veneno do *Monstrum*, cada vez mais se deixam levar por uma agitação popular bruta e irracional, manipulada e direcionada por discursos inflamados. Não demorará até que não mais suportem a presença dos chamados "demônios", como passaram a enxergar os bruxos, a vagar livremente pelo Continente.

Não é a primeira vez que os bruxos enfrentam esse ódio ancestral. Ele é, por assim dizer, atemporal. Surgiu junto com a criação do primeiro mutante e agora atinge um ápice ainda mais grave. Até então, embora fossem apenas tolerados, acostumados a insultos e cuspidas às suas costas para afastar o mau agouro, raramente eram alvo direto de agressões. Os poucos insensatos que ousaram atacá-los no passado se tornaram exemplos sangrentos o bastante para dissuadir outros de tentarem o mesmo. No entanto, há algum tempo, tem-se observado uma crescente onda de ataques contra a ordem. Em vários reinos – como Redânia, Aedirn e Teméria –, grupos acostumados a pogroms, linchamentos e outras barbaridades começaram a voltar sua violência contra os bruxos. O que antes era um fenômeno marginal agora começa a se organizar, atendendo ao chamado do *Monstrum* em uma caçada sedenta por sangue. Alguns Lobos até ouviram rumores sobre um *Malleus*, um manual detalhando as formas de torturá-los antes de executá-los.

No outono do ano passado, realizou-se um conciliábulo na fortaleza para avaliar a gravidade dessa ameaça. Os mestres discutiram a possibilidade de um encontro entre as diferentes escolas, com o intuito de trocar pontos de vista e considerar uma resposta ou ação conjunta. Infelizmente, até agora, tal reunião não pôde ser organizada.

> *"Sem esses seres malditos, os monstros teriam desaparecido há muito tempo. Os bruxos são os portadores do germe demoníaco que prolifera em nossas terras. Como explicar que, depois de tantos anos, ainda existam tantas criaturas? Matar os bruxos é o mesmo que erradicar a raiz do mal que corrói os reinos."*
>
> *Monstrum, ou a descrição de um bruxo*

O segundo perigo que ameaça o futuro dos bruxos exige, por sua vez, uma perspectiva sobre um período muito mais longo. Além disso, trata-se de um fenômeno ligado à ordem. A missão dos caçadores de monstros é um paradoxo que inevitavelmente leva ao desaparecimento de sua casta ou, pelo menos, a uma redução significativa de seus membros, devido à escassez de presas em número suficiente para garantir trabalho a todos. Um evento desse tipo só deve ocorrer dentro de um século, talvez mais. No entanto, esse fato já é perceptível em todo o Continente. Alguns monstros tornaram-se mais raros dependendo da região. Muitas vezes, isso se deve à ação dos próprios bruxos; em outras, é o desenvolvimento da civilização humana que está na origem dessa mudança. Pequenas transformações estão em curso, cujos primeiros efeitos já são perceptíveis.

Qualquer que seja a escolha deles, seria difícil culpá-los por isso. Mas qual seria a minha? Será que eu realmente poderia trocar a espada pela pena?

Impossível pregar os olhos esta noite. Culpa destas últimas páginas. As linhas se embaraçam atrás das minhas pálpebras. Não consigo evitar a pergunta: quando chegar o dia em que não houver mais monstros para os últimos bruxos caçarem, qual será a sua tarefa? Quanto mais penso nisso, menos clara me parece a resposta. Eu preferiria não ter que considerar essa possibilidade e acreditar que já não estarei neste mundo quando ela se tornar realidade – o que, sem dúvida, será o caso. Suponho que alguns não terão outra escolha senão se voltar para o trabalho mercenário ou para a proteção de pessoas, talvez servindo em guardas reais de elite. Nenhum de nós se alistaria em um exército regular – somos solitários demais para isso. Quanto àqueles que vêm da Escola do Lobo, não acredito que haja quem escolheria os caminhos sombrios do assassinato ou da espionagem.

Não existe outro destino para nós além de uma lenta decadência, pontuada por explosões de ódio cada vez mais afiadas? Gostaria de acreditar que sim, mas, ainda assim, uma descrença insidiosa se apodera de minha mente sempre que penso nisso. Revirei-me inquieto neste quarto grande demais, virando de um lado para o outro na cama, resmungando. No fim, acabei me levantando para pegar a pena. Ela treme levemente em minha mão. Culpa da Yule. Maldito solstício. E logo na noite mais longa do ano. Desde o crepúsculo, meu medalhão não parou de vibrar, aguçando ainda mais meus nervos já exaustos.

Há horas, várias sacerdotisas se entregam ao transe por todo o templo. Mesmo que não as tivesse visto se preparando ao longo do dia, eu o teria adivinhado pelas emanações mágicas que sussurram pelos corredores. A intervalos longos, sinto os pelos do meu corpo se eriçarem na pele. Em certos momentos, gritos abafam o estrondo da tempestade que ruge lá fora. Mais cedo, pedi a Violette, uma sacerdotisa com quem passei muitas noites desde minha chegada, que lançasse um olhar sobre o fio do meu destino. Não que, de repente, tenha desenvolvido uma fé inabalável em Melitele. Porém, já testemunhei os efeitos desses transes mais de uma vez. Talvez não devesse tê-lo feito. E se uma das visões desta noite selar o destino sombrio que aguarda a mim e meus irmãos? Só saberei ao amanhecer, se o ritual funcionar. O mundo, com seus sobressaltos e tormentos, é vasto o suficiente para que a gota d'água de nosso destino se perca no oceano tempestuoso do tempo e do espaço.

O vendaval sopra furioso lá fora, soltando lamentos que inquietam os cavalos nos estábulos. Posso ouvi-los daqui. O vale de Kaer Morhen deve estar repleto do canto fúnebre que o vento entoa entre os ramos dos pinheiros carregados de neve. Faz muito tempo que não encaro o inverno sem a companhia de meus irmãos. Costumamos passar a noite do solstício bebendo, rindo, conversando e até dançando. Já viu um bruxo dançar, sem ser com sua espada? Vale a pena assistir. Essa breve devassidão nos ajuda a suportar o crepitar da magia contra a pele.

Penso na fortaleza, que me lembra os olhos de Sorel, negros de fúria, da última vez que nos vimos. No fundo, sei que é ele quem me impede de dormir esta noite. Eu precisava vê-lo durante o inverno. Precisávamos conversar. Nos separamos aos gritos, até chegarmos às vias de fato. Se não fosse pelas imprecações de Rawat, pelos músculos de Vesemir e por um punhado de outros irmãos, quem sabe o que poderia ter acontecido? Sorel planejava se aproximar do Capítulo dos Talentos e das Artes para avaliar o perigo representado pelo Monstrum *e obter informações sobre sua origem. Na minha opinião, uma péssima ideia. Especialmente se, como suspeitamos, magos estiverem por trás disso.*

Nossas divergências eram abismos. No entanto, sei que, se eu tivesse conseguido voltar a Kaer Morhen, teríamos encontrado uma maneira de deixar isso para trás. Nos reencontraríamos, beberíamos juntos, esqueceríamos essa briga absurda. Eu teria lhe proposto viajar comigo na primavera até sua terra natal, Rívia, que ele ainda ama tanto, mesmo depois de todos esses anos. Outras oportunidades surgirão.

O raio caiu bem próximo ao templo, queimando alguns pés de videira. Meus dedos estão dormentes, mais pelo Caos que ressoa ao redor do que pelas sequelas da luta. Vou observar a tempestade e seus relâmpagos. Já que os elementos e a magia decidiram se enfurecer, que ao menos seja um espetáculo para os olhos.

III

As poções

A alvorada ainda tremia com os ecos da noite, como sempre acontece após a Yule. Apesar dos transes e da magia, o templo logo retomou sua rotina. Talasi cuida para que tudo siga em ordem. Mal as primeiras luzes surgiram, eu já não aguentava mais esperar. Fui atrás de Violette para perguntar o que ela havia vivido durante a noite.

– O fogo – disse ela, como se ainda estivesse saindo do transe. – Não vi nada além de fogo.

Sua cabeça estava inclinada para o lado, seus olhos evitavam os meus. Eu sentia que ela não estava dizendo tudo. Havia mais do que fogo. Quando finalmente consegui prender seu olhar, vi terror. E a sombra da morte. Insisti para me contar mais, para me dizer a verdade. Eu precisava saber.

– A morte, sim – admitiu. – Vi o fogo se espalhar entre velhos pinheiros ao longo de um fio de prata sinuoso. Pinheiros tão solitários e, ao mesmo tempo, tão unidos que só poderiam queimar juntos. A seiva... Mas talvez fosse sangue, afinal. O fogo se refletia nela. Um turbilhão de seiva-sangue, e os olhos dos mortos espelhados em sua superfície. O fogo. Sempre o fogo. Que se espalhava, devorava a carne, corroía a pedra e a fazia explodir por dezenas de metros, em estilhaços de tempestade e no estrondo dos gritos.

As árvores do nosso vale, ao pé de Kaer Morhen, balançaram diante dos meus olhos, nos matizes de vermelho e ouro. Violette meneou a cabeça, com lágrimas inundando a face, ao notar que eu recebera seu oráculo e que o compreendia. O fogo ameaça os bruxos. Isso, todos sabemos, já há meses.

Nossas mãos se roçaram. Por um instante, pensei que um novo transe tomaria a adepta. Nada. Ela se afastou para orar e eu permaneci ali, revivendo suas palavras. Não posso me deixar distrair. Os transes tecem imagens e metáforas. Nunca revelam ou predizem com certeza. Eles seguem o fluxo dos destinos, buscam os nós que os apertam demais, que ameaçam rompê-los. Quando eu voltar à fortaleza, assim que as primeiras neves derreterem – assim espero –, insistirei na necessidade de discutirmos esse assunto. Sozinho, tudo o que posso fazer para conter o fogo é escrever este livro.

Parece até que este capítulo surge no momento certo, pois uma das primeiras exigências da alquimia e da arte de preparar nossos elixires é a paciência. A paciência de encontrar as plantas certas ou os ingredientes adequados, no momento exato. A paciência de prepará-los corretamente para extrair seus melhores efeitos. Aqui estão, então, as principais poções utilizadas pelos bruxos. Não detalharei todos os seus componentes, pois essas misturas são poderosas e não devem cair em mãos erradas. Por essa mesma razão, as dosagens não serão indicadas. O bruxo deve aprendê-las de cor quando lhe forem transmitidas por seus mestres.

"Vi o bruxo levar o fino frasco aos lábios. Dois goles demorados, sem hesitar. Conforme os segundos passavam, seu rosto empalidecia, até ficar tão branco quanto ossos ressecados pelo sol. Sob o efeito do narcótico, ou seja lá o que aquele líquido contivesse, suas pupilas se dilataram ao extremo, tornando-se duas esferas tão escuras quanto a noite. Graças ao reflexo da lua, por um instante vi as menores de suas veias se tingirem sob a pele translúcida. Quando falou, sua respiração exalava o cheiro de enxofre e de túmulos. O tom de sua voz era áspero, como se o elixir alcançasse até as cordas vocais. Ele me deixou à entrada da caverna e desapareceu nas profundezas da terra, sem precisar de tochas para enxergar."

Carla Demetia Crest, *Sobre a Prova das Ervas e outras práticas secretas dos bruxos, vistas com meus próprios olhos*, manuscrito reservado ao capítulo dos magos

Abadejo

Os bruxos têm o hábito de entrar em um estado meditativo por razões já mencionadas. Às vezes, no entanto, desejam se aprofundar ainda mais, e para isso utilizam o Abadejo, uma fumigação de combustão lenta com efeitos moderados (ao contrário da combinação de Gavião e Gaivota Branca, que é muito mais intensa). A criação dessa substância é atribuída ao mago Joar e ao bruxo Arnvid, os primeiros a experimentá-la. Pelo que parece, eles buscavam uma maneira de fazer o bruxo reviver alguns de seus confrontos para compreender melhor seus erros e aprimorar seus reflexos.

Efeitos

A fumaça, uma vez inalada, influencia o cérebro do bruxo, mais especificamente algumas de suas conexões. O efeito ocorre em questão de segundos. Devido a uma reação hormonal interna, o ritmo cardíaco se acelera antes de diminuir gradualmente, chegando a menos da metade dos batimentos normais. À medida que o bruxo mergulha em um estado próximo do transe, ele experimenta breves visões premonitórias, relembra memórias enterradas e, acima de tudo, vive uma experiência indescritível. Além disso, esse estado proporciona um descanso reparador, tanto para o corpo como para a mente.

Toxicidade

Para um bruxo, o Abadejo não apresenta toxicidade significativa. Nas primeiras vezes, no máximo, sua fumaça pode causar uma leve irritação nos pulmões. O verdadeiro risco, no entanto, está na perda de vigilância causada pela inalação. O bruxo que pratica meditação sob o efeito do Abadejo deve garantir que o faça em um ambiente seguro. Um humano exposto à mistura por mais do que alguns segundos entraria em um estado de transe, caso possuísse predisposição mágica latente ou ativa. Caso contrário, poderia cair em uma condição semelhante ao *delirium tremens*, levando-o a colocar sua vida em risco devido a alucinações aterrorizantes.

Ingredientes

- Flores de *Datura*
- Folhas de verbena (*Verbena officinalis*)
- Casca de sândalo (*Santalum album*)
- Ládano reduzido em pó
- Trevos-brancos secos (*Trifolium repens*)
- Reishi (*Ganoderma lucidum*) reduzido em pó

Bastão de
fumigação
Caldeirão
de cobre
Fumaça
psicoativa

Abadejo

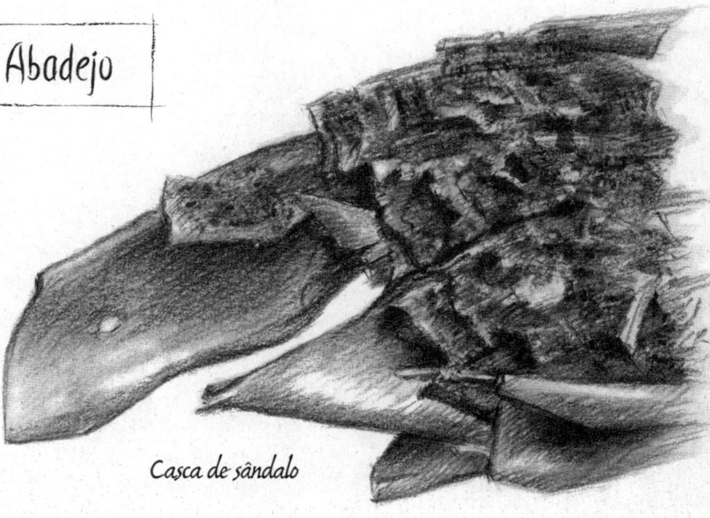
Casca de sândalo

Aedd Gynvael

Um dos elixires mágicos mais úteis. É raro que um bruxo não carregue nas bolsas um frasco de reserva ou os ingredientes necessários para prepará-lo. Na *lingua franca*, seu nome significa "brilho de gelo". Há muitas décadas, um bruxo fez amizade com um mago que vivia em uma cidade de Narok, e juntos teriam criado essa mistura. Foram eles que escolheram o nome, acreditando que refletia a maneira como o elixir tingia a noite de prata, tornando-a mais límpida sob seu efeito.

Efeitos

Normalmente, bruxos são nictalopes e enxergam com facilidade no escuro. Para isso, dilatam as pupilas, assim como fazem os gatos e outros animais, permitindo que seus receptores ópticos captem até a menor fonte de luz. O Aedd Gynvael intensifica essa acuidade visual no primeiro momento. A porção de magia que compõe o elixir permite enxergar perfeitamente na escuridão absoluta. Por essa razão, ele é extremamente útil para localizar um monstro no fundo da toca, onde o uso de uma lanterna projetaria sombras enganosas e prejudiciais durante o combate.

Toxicidade

Devido às suas mutações, bruxos toleram bem o Aedd Gynvael. Seu corpo é plenamente capaz de eliminar a toxicidade inerente à mistura, embora não devam abusar do elixir em um curto período de tempo. Além disso, é preciso ter cuidado para não se expor à luz solar direta enquanto estiver sob o efeito da poção. Embora não seja perigosa, a experiência seria cegante e dolorosa. Para um ser humano comum, essa mistura é tóxica mesmo em pequenas doses e pode causar danos irreversíveis aos nervos ópticos, além de comprometer o sistema digestivo. A quantidade contida em um frasco, tal como ingerida pelos bruxos, é letal para um humano.

Ingredientes

- Casca de espinheiro-branco (*Crataegus*)
- Folhas de framboeseira (*Rubus idaeus*)
- Raiz de Kyrt
- Flores de heléboro-lívido (*Helleborus lividus*)

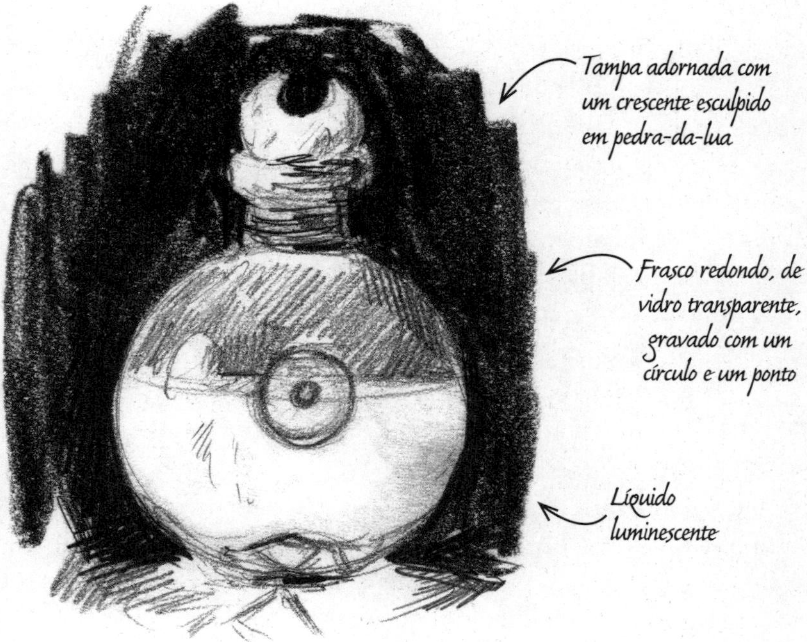

Aedd Gynvael

Flor do heléboro-lívido
(Helleborus lividus)

Bebida de Imbaelk

A lenda diz que o mago Malaspina teria criado essa bebida para melhor se deixar levar pelos rompantes caóticos que ocorrem durante os diferentes solstícios. Seria, aliás, por essa razão que seu nome corresponde ao de um dos *savaed* élficos. Durante muito tempo mantida em segredo, a receita dessa mistura acabou se espalhando entre os magos, que rapidamente passaram a aprimorá-la à sua maneira, conforme suas necessidades e constituição. Os bruxos, que por vezes precisam perceber a magia com mais precisão do que seus sentidos naturalmente permitem, fazem uso dela durante suas caçadas.

Efeitos

A Bebida é uma mistura de poderosas propriedades mágicas. Ela influencia diretamente os vínculos entre os organismos e o Caos, permitindo ao bruxo não depender apenas das vibrações emitidas por seu medalhão. Assim, ele percebe com mais clareza as emanações e manifestações mágicas ao seu redor, indo além do que sua intuição naturalmente permitiria. É claro que essa percepção ocorre com menos precisão e controle do que a de um mago ou feiticeira. Algumas teorias sugerem que um elixir como esse seria capaz de despertar habilidades mágicas latentes em um humano cujo vínculo com o Caos fosse mínimo. Infelizmente, tais hipóteses nunca puderam ser confirmadas, pois todas as tentativas nesse sentido resultaram em desfechos desastrosos.

Toxicidade

Apesar da constituição e das mutações do bruxo, ingerir a Bebida é uma verdadeira provação. É importante lembrar que seu domínio sobre o Caos é geralmente rudimentar, limitado ao uso dos Sinais. O aumento abrupto de sua percepção mágica pode, portanto, desorientá-lo e, no pior dos casos (o que quase sempre ocorre na primeira vez), desencadear nele uma terrível sobrecarga mágica, forçando-o a expelir tudo o que estiver em seu estômago. Em algumas ocasiões, isso pode até provocar uma crise epiléptica. A alta concentração de ingredientes mágicos torna a mistura potencialmente letal para qualquer indivíduo que não esteja devidamente preparado.

Ingredientes

- Raiz de confrei (*Symphytum officinale*)
- Erva-ulmeira (*Filipendula ulmaria*)
- Folhas secas de beladona (*Atropa belladonna*)
- Casca de *malinhornne*

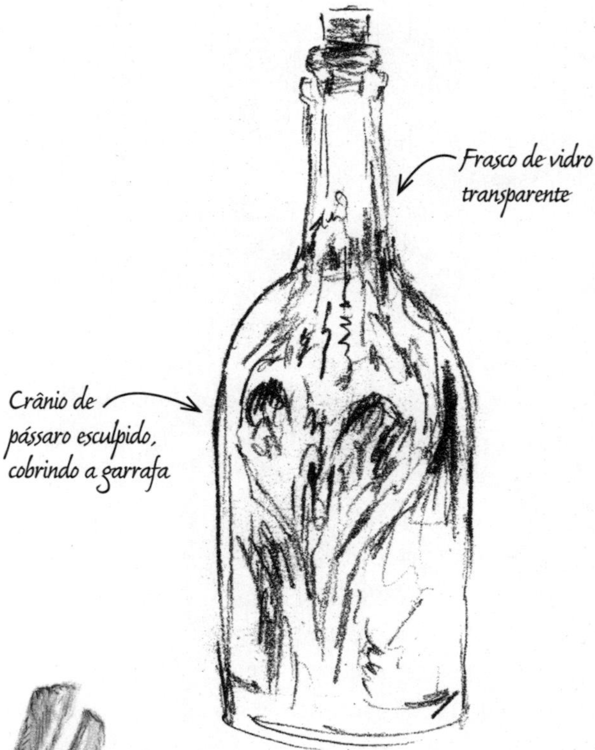

Bebida de Imbaelk

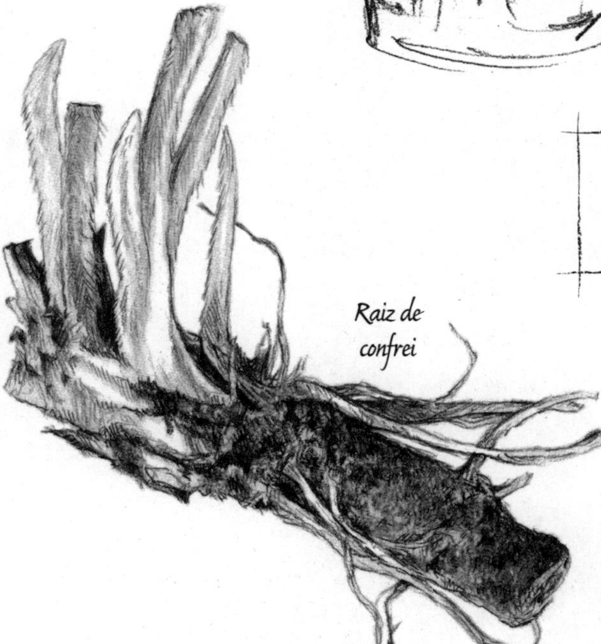

Brisa de Skellige

Como o nome sugere, este elixir não foi originalmente criado por um bruxo, mas sim por um herborista que buscava uma maneira de resistir ao calor. Ele não era nativo de Skellige, apenas escolheu o nome para fazer referência aos ventos implacáveis que varrem as ilhas. Mais tarde, os bruxos se apropriaram da fórmula, ajustando os ingredientes para melhor se adequarem às suas mutações e fisiologia. O objetivo era tornar os efeitos do elixir mais potentes, duradouros e eficazes, superando a versão original. Isso não foi uma tarefa difícil, já que a receita original se baseava principalmente em uma aguardente extremamente forte feita a partir de flores congeladas das montanhas.

Efeitos

A regulação da temperatura corporal é essencial para um bruxo, permitindo que ele mantenha seus reflexos e capacidades cognitivas durante o combate. O calor excessivo pode afetá-lo e comprometer seu desempenho. A Brisa pode ser indispensável em ambientes de calor extremo, como cavernas de lava ou incêndios, ao oferecer ao corpo maior resistência a agressões externas. Promove uma dilatação mais ampla do sistema venoso, facilitando a circulação, e diminui a perda de líquidos.

Toxicidade

A Brisa de Skellige possui uma toxicidade moderada, causada principalmente pela presença de ingredientes mágicos em sua composição. Esses componentes representam uma agressão ao organismo. Para um bruxo, o principal efeito colateral é a aceleração dos batimentos cardíacos, que ele pode tentar regular sem comprometer a dilatação dos vasos sanguíneos induzida pelo elixir. Em casos de uso prolongado, é possível diluir a fórmula em uma quantidade maior de aquavit, reduzindo seus impactos adversos. Para um humano comum, os riscos são, novamente, mortais. A versão aprimorada pelos bruxos pode causar insuficiência cardíaca e hemorragias internas.

Ingredientes

- Aquavit
- Esporos de *Lycoperdon* das ilhas
- Sementes maceradas de pimenta-malagueta (*Capsicum frutescens*)
- Essência de flor de fogo (*Flos ignis*)

Brisa de Skellige

Esporos de Lycoperdon das ilhas

Chamariz

Diz-se que o Chamariz foi criado por acidente. Um jovem bruxo, cujo nome não ficou registrado na história (e que ainda não havia deixado os muros da fortaleza), teria errado na dosagem e nos ingredientes de uma mistura que preparava. Um erro que muitos antes dele já haviam cometido – e que a maioria pagou com a vida. Desta vez, porém, abençoado por uma sorte incrível, o jovem sobreviveu e percebeu um aumento considerável em sua energia, resistência e reflexos. Seus mestres o ajudaram a equilibrar a fórmula, e ele próprio escolheu o nome, em referência à vivacidade do pássaro.

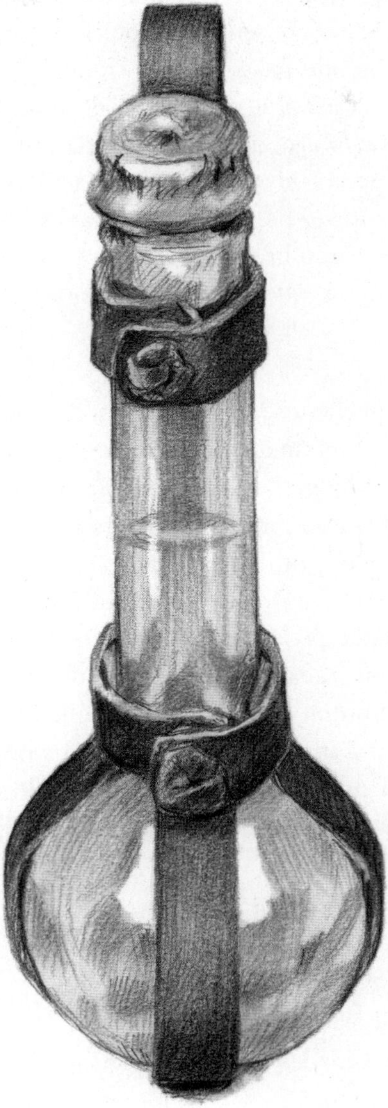

Efeitos

O Chamariz age como um verdadeiro estímulo para o organismo, intensificando significativamente a velocidade dos impulsos nervosos. Sob seu efeito, o bruxo aumenta a velocidade, mas, acima de tudo, aprimora os reflexos que passou horas treinando. Durante o tempo em que a poção está ativa, a resistência deixa de ser um problema. O bruxo não perde o fôlego, nem sente dores ou fadiga. Infelizmente, os efeitos duram apenas um curto período, geralmente menos de dez minutos. Por isso, em vez de beber o elixir antes de uma luta em que o considere necessário, o bruxo prefere levá-lo consigo e tomá-lo de um só gole no momento que julgar mais oportuno.

Toxicidade

Todos os bruxos experientes já recorreram a esta poção em algum momento. E todos se lembram do quão traiçoeira ela pode ser. O primeiro contato ocorre ainda no período de aprendizado, para que o jovem caçador de monstros compreenda seu funcionamento, seus riscos e aprenda a identificar os primeiros sinais do enfraquecimento dos efeitos. A "queda" de energia deve sempre ser levada em consideração, pois, se mal calculada, pode colocar o bruxo em um perigo de morte imediato. O que ocorre se assemelha a um colapso do organismo, que pode levar vários minutos – ou até mais de uma hora – para recuperar o equilíbrio anterior à ingestão. Se o monstro ainda estiver vivo, isso pode se tornar um problema sério. Para um humano comum, após uma breve arritmia, o coração acelera descontroladamente até um inevitável colapso cardíaco.

Ingredientes

- Bagas trituradas de *Schisandra*
- Mel de Maribor
- Sementes defumadas de alforba (*Trigonella*)
- Derivado do veneno de víbora

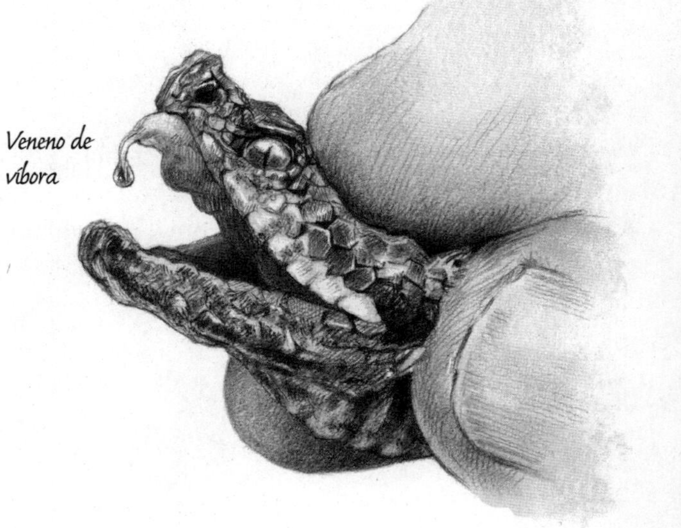
Veneno de
víbora

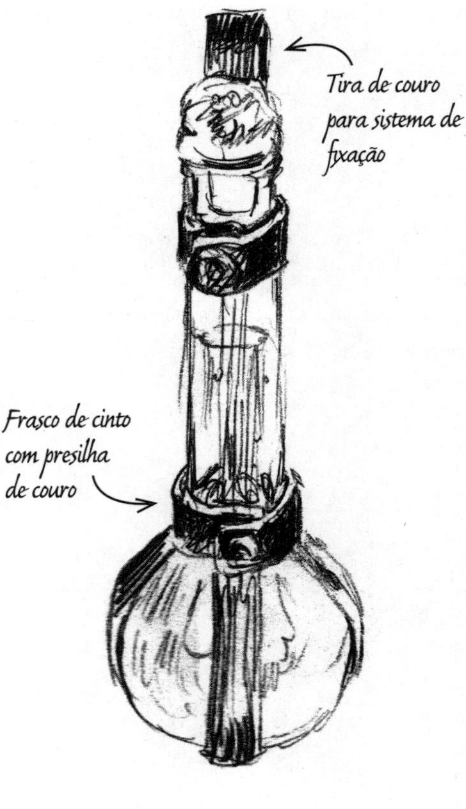
Tira de couro
para sistema de
fixação
Frasco de cinto
com presilha
de couro

Chamariz

Cotovia

Nenhum bruxo ainda vivo sabe ao certo quando surgiu o costume de batizar as poções da ordem com nomes de pássaros. Entre os inúmeros elixires existentes no Continente criados por magos, druidas ou herbalistas, esses nomes servem para distinguir as misturas feitas pelos bruxos. Eles também sinalizam que seus efeitos são quase sempre nocivos para aqueles que não passaram pelas mutações. A Cotovia, também conhecida como Lerka, está entre as poções mais antigas. Ela se torna essencial para um bruxo que precisa lutar sob a luz intensa do dia, quando o sol pode cegar.

Efeitos

Enfrentar um monstro sob a luz do dia pode ser perigoso. Os raios de sol intensos apresentam dois desafios principais: cegam e projetam sombras longas, dificultando a percepção dos movimentos. Assim como o Aedd Gynvael, mas com efeitos opostos, este elixir permite ao bruxo um controle aprimorado sobre suas pupilas. Além disso, reduz temporariamente a sensibilidade do cristalino e da retina, permitindo que o bruxo encare o sol a pino sem o risco de ser ofuscado. Geralmente, seu adversário não compartilha dessa vantagem, o que pode ser um diferencial decisivo no combate.

Toxicidade

A Cotovia possui um nível de toxicidade semelhante ao do Aedd Gynvael. No entanto, o corpo do bruxo demora mais tempo para eliminá-la, o que significa que as doses precisam ser mais espaçadas. Pouco depois dos primeiros goles, uma forte dor de cabeça se instala, mesmo com a verbena presente na fórmula para tentar suavizar o efeito. A dor só desaparece algumas horas depois. Devido à interação entre o destilado e a raiz de Kyrt, um humano que ingerisse mais do que algumas gotas dessa mistura passaria o resto da vida enxergando apenas uma mancha luminosa diante dos olhos – sem mencionar a dor lancinante que corroeria seus nervos ópticos.

Ingredientes

- Destilado de hamamélis (*Hamamelis virginiana*)
- Gotas de elixir de Garus
- Raiz de Kyrt
- Folhas secas de verbena (*Verbena*)

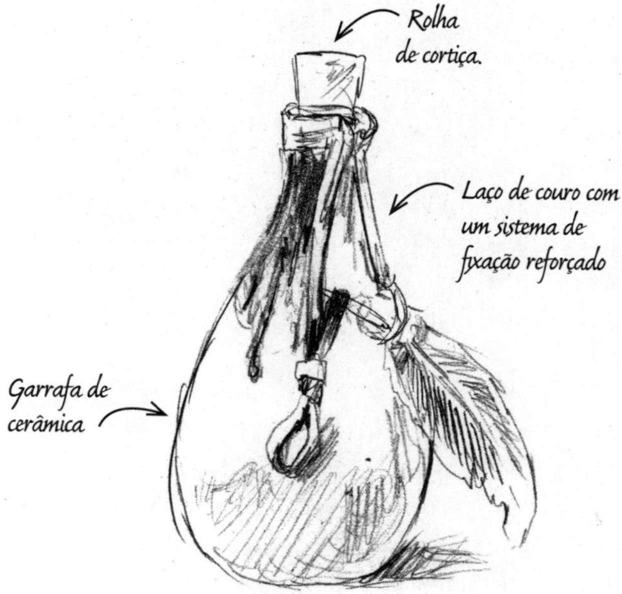
Rolha
de cortiça.
Laço de couro com
um sistema de
fixação reforçado
Garrafa de
cerâmica

Cotovia

Frasco de
metal
Gotas do elixir
de Garus

Elixir de Belleteyn

Diz a lenda que devemos a invenção desta poção a um mago. Idarran já não suportava os efeitos desagradáveis que os solstícios infligiam ao seu corpo. Com o avanço da idade, ele chegava a adoecer nos momentos mais intensos dos rompantes de Caos. Assim, desenvolveu esse elixir para fortalecer sua resistência à magia. Com o tempo, vários outros magos e feiticeiras encontraram usos estratégicos para a poção, utilizando-a para ocultar a presença de seu próprio Caos, reduzir a influência potencial de seus pares ou até neutralizar completamente certos adversários. Como ocorreu com outras misturas, os bruxos também adaptaram a fórmula para ajudá-los a enfrentar criaturas mágicas.

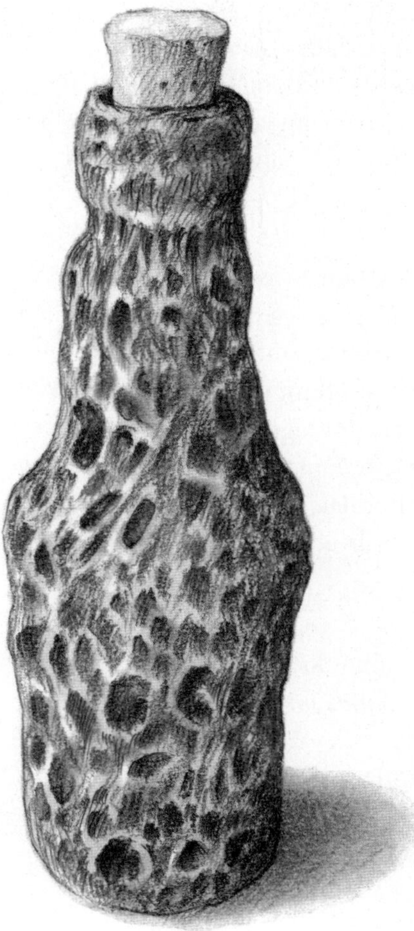

Efeitos

Com a ajuda deste elixir, o bruxo fortalece sua resistência à magia e às emanações nocivas, e até paralisantes, que certas criaturas produzem. Ele é particularmente útil contra algumas criaturas amaldiçoadas que exalam energia mefítica. O funcionamento exato da mistura ainda é pouco compreendido. Supõe-se que ela bloqueie diversos receptores nervosos. De certa forma, sua ação se assemelha à da dimerítia, embora cause menos efeitos colaterais e não neutralize tão completamente as capacidades do usuário. No entanto, sob seu efeito, o bruxo tem mais dificuldade para lançar e manipular os Sinais, exigindo dele um esforço e uma força de vontade redobrados.

Toxicidade

Como os vínculos de um bruxo com o Caos são rudimentares, ele não sofre uma perda excessiva de percepção ao consumir o elixir. No entanto, os efeitos sobre seu metabolismo são bem mais marcantes. É necessário tomar um protetor gástrico para evitar úlceras estomacais, pois a mistura é bastante agressiva para as mucosas. Além disso, é recomendável evitar o consumo de álcool nas doze horas que antecedem a ingestão do Elixir de Belleteyn, pois isso pode comprometer seus efeitos e causar diversos tipos de sangramentos.

Ingredientes

- Alcoolato de alho-dos-ursos (*Allium ursinum*)
- Milefólio (*Achillea millefolium*)
- Erva-ulmeira (*Filipendula ulmaria*)
- Flores de *alfirm*

Erva-ulmeira

Elixir de Belleteyn

Frasco em cerâmica coberta de rocha vulcânica

Gaivota Branca

Diz-se que essa poção ajudou os primeiros bruxos treinados a alcançar estados alterados de consciência e meditação. É quase certo que o mago Alzur tenha estabelecido sua receita, realizando vários experimentos com ela. A fórmula original possuía efeitos relaxantes musculares, chegando até a ser sedativa, e proporcionava uma sensação de tranquilidade mental. A Gaivota Branca sempre teve múltiplos usos, sendo o mais comum o de induzir o sono e garantir sonhos agradáveis ao bruxo. Existe também outra versão do elixir, a Gaivota Preta, que é significativamente mais potente e provoca alucinações. Essa variação é reservada apenas para bruxos experientes.

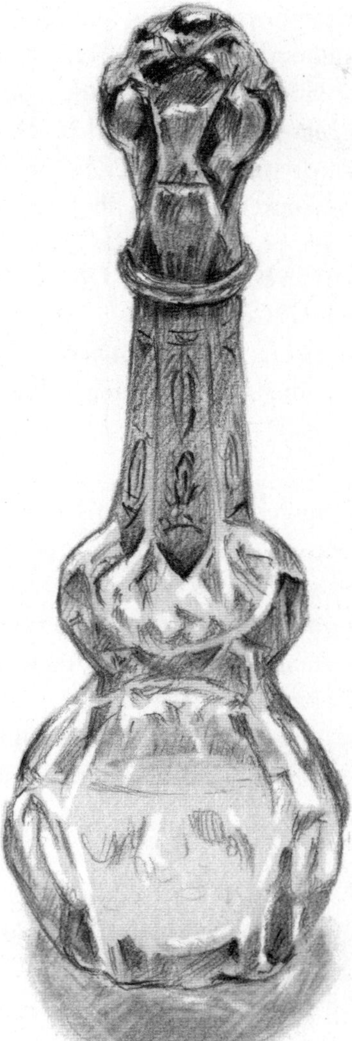

Efeitos

A Gaivota Branca possui um efeito relaxante inegável, mas tudo depende da dosagem. Quando diluída em grande quantidade de água, pode ser usada diariamente por bruxos que têm dificuldade em encontrar um sono reparador. Ela é administrada aos jovens bruxos que ainda estão se acostumando com seus sentidos aprimorados – especialmente sua audição aguçada, que muitas vezes atrapalha o descanso nos primeiros meses de treinamento. Além disso, durante os períodos mais intensos de seu aprendizado, a poção os ajuda a recuperar as energias. No entanto, os mestres evitam recorrer a ela com frequência, pois os bruxos não devem se tornar dependentes de seus efeitos para manter a resistência. Com diluições menores, seus efeitos são intensificados. Não é incomum que o mago do laboratório a utilize para acalmar corpos e induzir um estado de relaxamento profundo.

Toxicidade

Este elixir não contém ingredientes mágicos, o que o torna muito menos tóxico do que outras poções. Na sua forma mais diluída, praticamente não causa efeitos colaterais – no máximo, pode induzir sonhos intensos durante o sono. No entanto, em suas versões mais concentradas, o bruxo deve garantir uma boa hidratação após o consumo para preservar o funcionamento dos rins. Para um indivíduo que não passou por mutações, até mesmo uma versão diluída pode ter efeitos muito mais intensos. Já as formas mais concentradas podem levar a um coma temporário.

Ingredientes

- Gotas de absinto-branco (*Artemisia absinthium*)
- Óleo de lavanda (*Lavandula*)
- Folhas secas de valeriana (*Valeriana officinalis*)
- Flores de espinheiro-branco (*Crataegus*)
- Extrato de mandrágora (*Mandragora officinarum*)

Na versão mais potente, a Gaivota Preta, é utilizada a *Salvia divinorum*, que induz um intenso estado alucinógeno.

Gaivota Branca

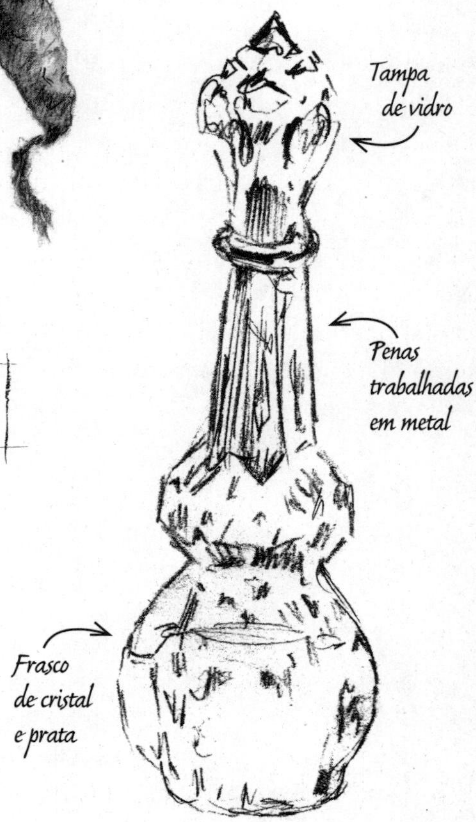

Gavião

Apesar de suas habilidades já excepcionais, os bruxos às vezes precisam aguçar ainda mais algumas delas. Isso pode ocorrer com suas capacidades cognitivas e reflexos, especialmente ao enfrentar criaturas cuja velocidade e ferocidade superam as suas. Foi com esse propósito que a Gavião foi desenvolvida há várias décadas. Vale ressaltar que o bruxo também pode utilizá-la em contextos que vão além do combate, combinando-a com outras misturas, como a Gaivota Branca, por exemplo, o que lhe permite alcançar um estado de consciência meditativo extremamente profundo.

Efeitos

A Gavião atua simultaneamente no sistema nervoso central e no cérebro do bruxo, estimulando-os intensamente. Ao ingeri-la pela primeira vez, duas sensações principais o invadem. De início, sua mente se torna subitamente mais clara. Em seguida, ele logo percebe a agilidade mental que adquire, como se seu cérebro tivesse se tornado mais flexível e veloz. Além disso, a poção possui a capacidade de estimular a memória, fazendo com que os confrontos fiquem gravados de forma duradoura em sua rede neural.

Toxicidade

O que poderia impedir um bruxo de abusar desse elixir de benefícios tão evidentes? Simples: ele é altamente tóxico e provoca uma dependência feroz. Os bruxos são informados desde cedo sobre os riscos que essa substância representa. Seus mestres, inclusive, às vezes os submetem a um processo de abstinência durante o aprendizado, para que compreendam plenamente o perigo que essa mistura representa. Por essa razão, eles só recorrem à Gavião quando não há alternativa e seu adversário promete ser formidável. Além desses problemas já graves, a poção exige demais do organismo, gerando um efeito rebote sempre brutal, com o qual o bruxo deve lidar. Para um humano comum, o consumo dessa substância geralmente leva a uma parada cardíaca ou um aneurisma.

Ingredientes

- Alcoolato de melissa (*Melissa aurea*)
- Folhas de hortelã-da-água (*Mentha aquatica*)
- Urtiga-comum (*Urtica dioica*)
- Destilado de seiva de *voorquaal*
- Extrato de *cocadas*

Tampa coberta com
um pedaço de pele,
selada com um
cordão e uma pena
Frasco retangular
de vidro
transparente

Gavião

Hortelã-
-da-água

Infusão de Blathanna

Graças ao treinamento, o bruxo aprende a suportar níveis de dor que fariam desmaiar o cavaleiro mais robusto. Suas mutações também contribuem para isso, embora nenhuma delas afete as mensagens de sofrimento enviadas por seus nervos. Às vezes, porém, essa capacidade de suportar o intolerável não é suficiente, e algumas misturas acabam sendo bastante úteis. Nesse sentido, a Infusão de Blathanna pode ser comparada à Marrequinha. No entanto, ela tem um uso mais específico, pois permite ao mago do laboratório realizar diversas intervenções cirúrgicas sem o risco de deslocar a mandíbula ou de deixar sua lâmina cortar a carne de forma desajeitada por causa de um movimento reflexo.

Efeitos

Este elixir tem um poderoso efeito miorrelaxante, além de embaralhar as mensagens de dor transmitidas por todo o sistema nervoso. O bruxo sob seu efeito tem a estranha sensação de flutuar em um mar de algodão. É exatamente esse estado que se busca para facilitar intervenções e tratamentos. Nas primeiras doses, o indivíduo pode se sentir confuso ou até levemente eufórico. Essa sensação desaparece em pouco tempo, enquanto os efeitos principais duram, em média, quinze minutos. É melhor que o bruxo esteja deitado, e até mesmo amarrado, pois ele pode tentar se mexer e acabar se machucando devido à incapacidade de controlar adequadamente o corpo.

Toxicidade

A Infusão de Blathanna pode ser perigosa, mesmo para um bruxo. Ela exige uma dosagem precisa e o uso de ingredientes frescos e de qualidade. Caso os cuidados ou a operação realizada pelo mago no bruxo se prolonguem, pode ser necessário administrar uma quantidade adicional do produto. Nesse caso, é preciso ter cautela, pois o corpo se adapta rapidamente à mistura, o que tende a reduzir seus efeitos e, consequentemente, aumenta a quantidade necessária. No entanto, o consumo excessivo pode ser fatal, tornando essencial um cálculo preciso da dose de acordo com o peso do bruxo, sua idade, o tipo de ferimento, a quantidade de sangue perdido e muitos outros fatores. Uma versão muito menos potente é utilizada em não-mutantes.

Ingredientes

- Bagas de espinheiro-branco (*Crataegus*)
- Flores de hipericão (*Hypericum perforatum*)
- Extrato de papoula-dormideira (*Papaver somniferum*)

Infusão de Blathanna

Marrequinha

A história por trás da criação da Marrequinha é triste. Os magos rapidamente perceberam as sequelas irreversíveis que a Prova das Ervas podia deixar em um ser vivo – ou em um que mal estava vivo. Surgiu, então, a questão de uma poção que pudesse aliviar ou até abreviar seus sofrimentos. Ninguém sabe quem, nesse processo tão árduo, decidiu afastar a barbárie e a ignomínia para preservar a dignidade daqueles para quem as mutações haviam falhado. Seja como for, a Marrequinha surgiu com esse propósito, antes de passar a ser usada, em doses menores, para tratar a dor causada por todo tipo de ferimento.

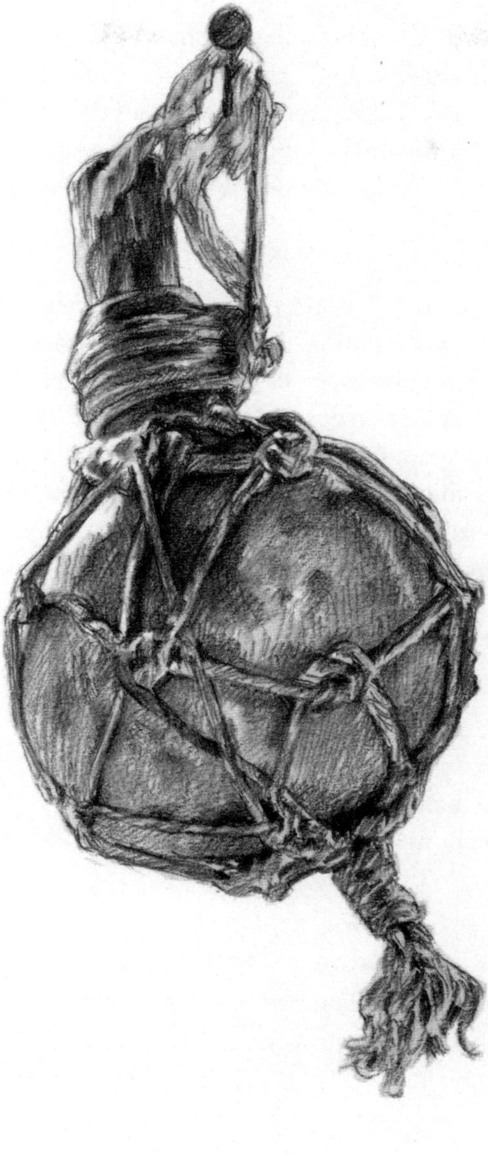

Efeitos

Como um poderoso analgésico, a principal função deste elixir é aliviar as dores do bruxo. Dado o grande número de ferimentos que ele sofre ao longo da vida, ele se certifica de sempre ter um frasco à mão. A sinergia entre os diferentes ingredientes que compõem a poção garante um efeito analgésico rápido e eficaz. No entanto, durante o treinamento, os bruxos aprendem a não abusar da mistura – e menos ainda a se contentar com ela –, pois ela não faz nada além de mascarar a dor.

Toxicidade

Quando usada por um período prolongado, a Marrequinha provoca a presença de sangue na urina. Também é responsável por dores nos rins e ao urinar. Para um bruxo, esses efeitos são insignificantes e não deixam sequelas, apesar do desconforto. No entanto, mesmo em baixa dose, um humano comum cairia em um coma do qual jamais despertaria. Usuários habituais de drogas pesadas, como o fisstech, podem apresentar uma resistência um pouco maior, mas ainda assim correm o risco de desenvolver sequelas que os afetarão pelo resto da vida.

Ingredientes

- Milefólio (*Achillea millefolium*)
- Talo de artemísia (*Artemisia vulgaris*)
- Essência de camomila (*Chamaemelum nobile*)
- Brotos de amora-silvestre (*Rubus fruticosus*)
- Flores de hortelã-das-montanhas (*Pycnanthemum pilosum*)

A versão aprimorada que desenvolvi, mais potente e que se mostrou apenas suficientemente eficaz para aliviar os ferimentos que o basilisco me infligiu, contém uma concentração maior de artemísia, além de flores de hipericão (Hypericum) *e alcoolato de maracujá* (Passiflora incarnata).

Milefólio

Marrequinha

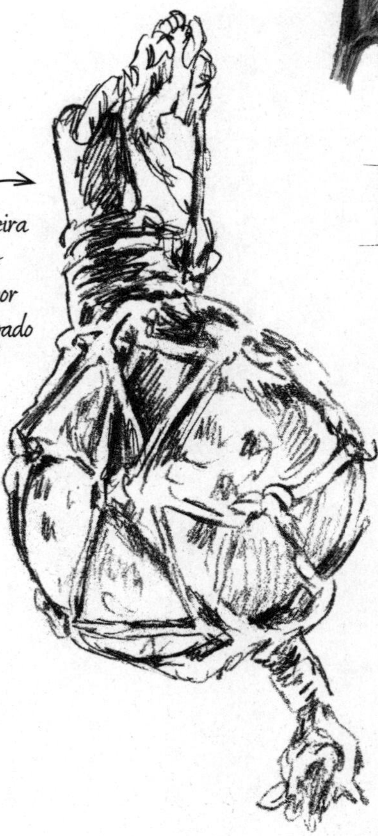

Rolha de madeira perfurada e atravessada por um barbante ligado ao gargalo

Cabaça oca por dentro

Mistura de Brokilon

Ninguém entra em Brokilon. Ninguém sequer se aproxima sem ouvir o silvo das flechas das dríades. No entanto, isso não é uma regra absoluta. As dríades podem ter aliados (muito poucos) a quem permitem acessar seu território para propósitos que vão além da procriação e da perpetuação de sua espécie. Foi graças a essa abertura excepcional que a Mistura de Brokilon foi descoberta e chegou ao conhecimento de magos e bruxos. Esse unguento possui propriedades cicatrizantes impressionantes e é feito a partir de uma planta trepadeira semelhante à hera, encontrada exclusivamente em Duén Canell: o *conynhael*.

Efeitos

Os relatos sobre a Mistura de Brokilon destacam principalmente seus incríveis efeitos cicatrizantes. Mesmo entre as misturas mágicas, suas propriedades curativas são impressionantes. O unguento é usado, em sua maioria, de forma externa, embora também possa ser aplicado diretamente sobre feridas e mucosas. Ele auxilia na cura tanto de cortes superficiais quanto de fraturas, inclusive as expostas. Muitos acreditam que deve existir uma versão oral dessa mistura, considerando os ingredientes que a compõem. Essa variação possivelmente seria capaz de tratar diversos males internos.

Toxicidade

Praticamente não há efeitos colaterais. O único efeito observado entre os poucos bruxos tratados com a Mistura de Brokilon foi um estado de inconsciência repleto de sonhos induzidos pela magia. Considerando seus ingredientes – especialmente aqueles parcial ou totalmente mágicos –, é provável que as dosagens precisem ser ajustadas de acordo com a raça, a constituição e, sobretudo, as mutações do indivíduo. Dessa forma, é evidente que a Mistura de Brokilon seria igualmente eficaz em humanos, anões e elfos, assim como nos bruxos.

Ingredientes

- Cinzas de artemísia (*Artemisia vulgaris*)
- Casca de viburno (*Viburnum*)
- Essência de *conynhael*
- Essência de lavanda (*Lavandula*)
- Gotas de Água de Brokilon
- Raiz de confrei púrpura (*Symphytum officinale*)
- Cera de abelha

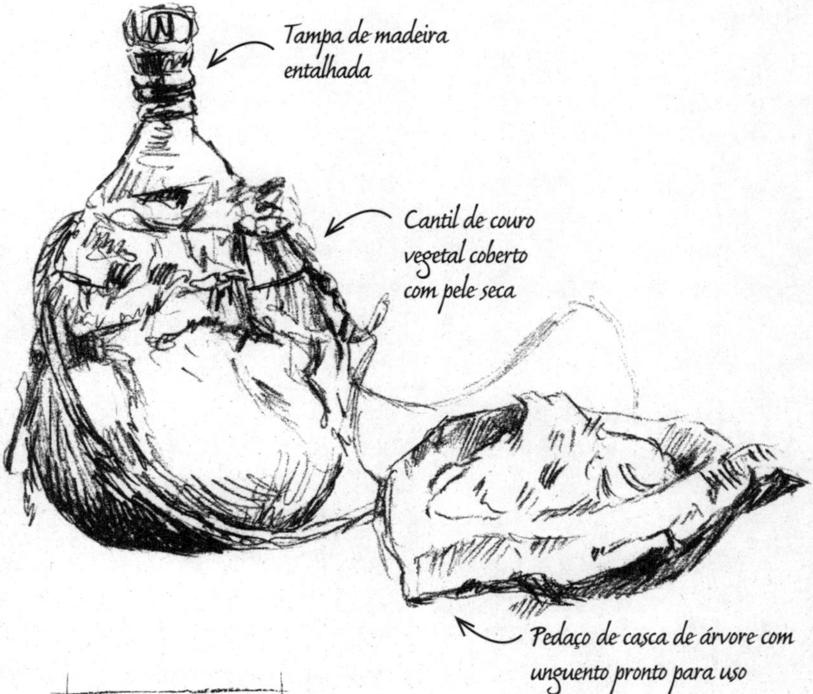

Mistura de Brokilon

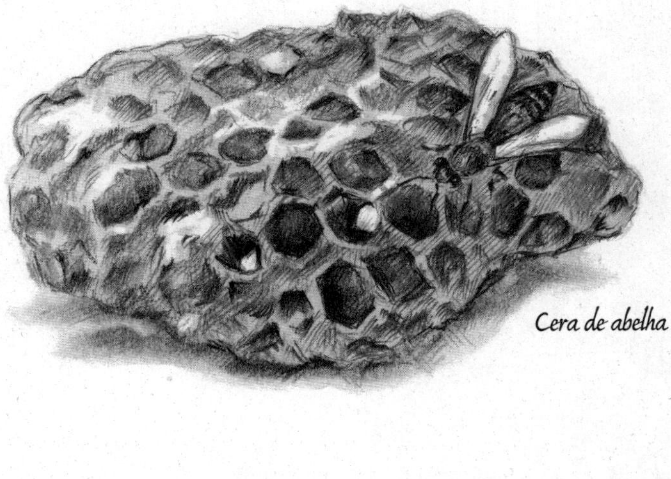

Papa-figos

A Papa-figos foi uma poção criada muito cedo, em preparação para a missão que cabia aos bruxos desde sua origem. Na verdade, pode-se dizer que foi uma das primeiras poções desenvolvidas para garantir que, mesmo com sua já notável resistência a venenos, eles não sucumbissem a ferimentos ou às novas mutações das criaturas que caçavam. Diz-se que foi o mago Alzur, discípulo de Cosimo Malaspina, quem formulou a receita. Amplamente utilizada por todos os bruxos, essa poção é essencial até mesmo para aqueles que pertencem a escolas distintas da do Lobo.

Efeitos

A Papa-figos é a melhor mistura para combater a maioria dos venenos conhecidos, sejam eles naturais ou não, provenientes tanto de plantas quanto de monstros. Embora essa poção possua propriedades mágicas, sua eficácia pode falhar caso a aplicação seja tardia ou se a quantidade de veneno no sangue for excessivamente alta. Em ocasiões muito raras, e com pequenas modificações na receita original, a Papa-figos também pode ser utilizada para neutralizar a toxicidade de certas misturas que os bruxos empregam contra criaturas específicas.

Toxicidade

Pode-se pensar que a Papa-figos não apresenta toxicidade, já que foi desenvolvida justamente para combater os efeitos de venenos. No entanto, isso não é verdade, pois a poção exige um esforço extremo do fígado. Para forçar o organismo a eliminar o veneno e as toxinas presentes no corpo, ela faz com que o metabolismo opere em sua capacidade máxima, tornando essencial evitar qualquer tipo de esforço. Por essa razão, não é incomum que o bruxo induza um estado de letargia voluntária após ingerir o conteúdo do frasco. Bruxos e magos tentaram no passado desenvolver uma versão desse elixir adequada para a maioria dos humanos. Infelizmente, os resultados foram frequentemente mais prejudiciais do que benéficos.

Ingredientes

- Folhas frescas de alho-dos-ursos (*Allium ursinum*)
- Raiz de bardana (*Arctium*)
- Seiva de bétula (*Betula*)
- Pó de fitobezoar
- Folhas frescas trituradas de *arranion*

Foi uma versão modificada dessa poção que Talasi me administrou assim que cheguei, para combater da melhor forma possível o veneno do basilisco. Provavelmente, isso será o que me impedirá de sofrer sequelas terríveis no futuro.

Pó de
fitobezoar

Papa-figos

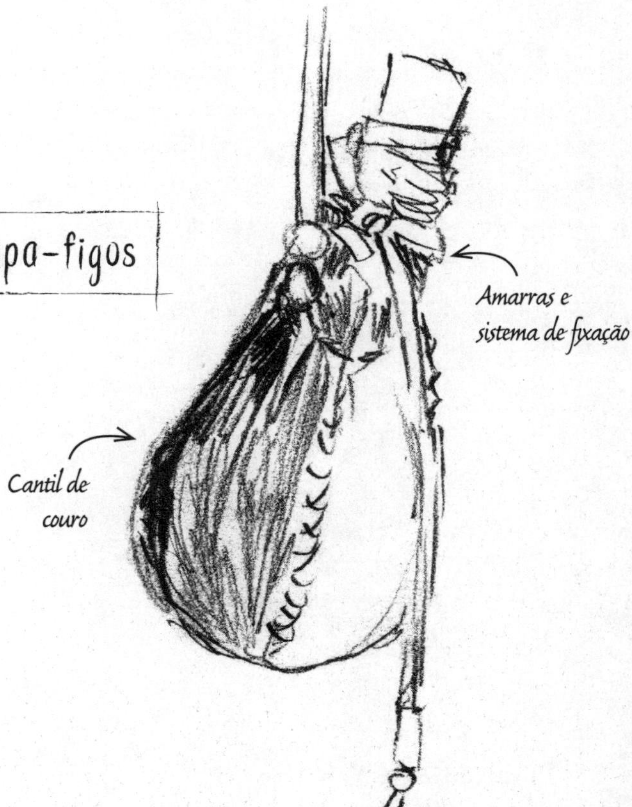
Amarras e
sistema de fixação
Cantil de
couro

Poção da Prova das Ervas

Esta poção é ainda mais antiga que o primeiro bruxo que foi criado. Ela faz parte dos trabalhos preliminares à fundação de nossa casta. Cosimo Malaspina e seu discípulo Alzur a desenvolveram para garantir que o ser humano prestes a passar pelas diversas mutações inerentes à Prova das Ervas não sucumbisse imediatamente. Ainda hoje, esse elixir é utilizado sistematicamente, mas nem sempre é suficiente para impedir a morte da criança submetida à prova. Existe uma versão mais avançada, destinada apenas aos bruxos que demonstraram resistência excepcional na primeira prova e foram escolhidos para experimentos mais complexos.

Efeitos

Os principais efeitos desta poção são difíceis de listar, pois ela produz reações diferentes em cada indivíduo. Mais do que em qualquer outra mistura, as particularidades genéticas de cada um desempenham um papel fundamental neste caso. Alguns verão seus batimentos cardíacos desacelerarem e seus vasos sanguíneos se dilatarem, enquanto, em outros, ocorrerá exatamente o oposto. A poção tem como objetivo principal despertar o organismo, aumentar sua reatividade, sua imunidade e também sua maleabilidade. Por isso, as crianças a ingerem pouco antes da prova.

Toxicidade

A Poção da Prova das Ervas é muito pouco tóxica para a constituição humana. Funcionando como um curativo preventivo, ela atua como uma proteção contra a toxicidade de ervas, hormônios, plantas e vírus que estão prestes a ser inoculados. No entanto, em casos extremamente raros e imprevisíveis, algumas crianças sofrem um choque anafilático e morrem em questão de segundos. Segundo o mago, parece que um dos ingredientes mágicos, que não pode ser substituído, é o responsável por esse efeito.

Ingredientes

Apenas o mago da Escola do Lobo, assim como um pequeno número de outros ao redor do mundo, conhece os elementos que compõem essa poção.

Poção da Prova das Ervas

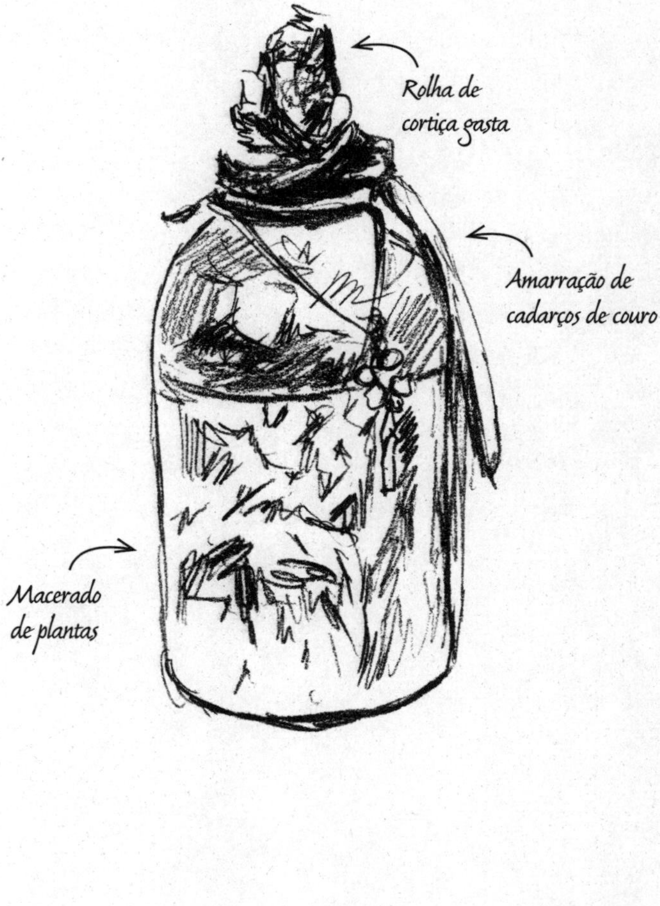

Sopro de Korath

Qualquer um que já tenha se aproximado de Korath e sentido o calor sufocante da região pode facilmente adivinhar a função desse elixir. Certamente foi isso que motivou o nome escolhido por sua criadora, uma feiticeira chamada Hayyhane, que dizem ser originária de uma região remota de Kovir. O frio implacável que domina essas terras no inverno a inspirou a desenvolver uma mistura capaz de resistir a tais condições. A fórmula utilizada pelos bruxos atualmente permanece inalterada, o que é raro o suficiente para ser digno de nota. Talvez Hayyhane tenha submetido seu próprio corpo a mutações semelhantes às dos bruxos, permitindo-lhe suportar um preparo tão poderoso?

Efeitos

O principal efeito do Sopro de Korath é permitir que o organismo resista ao frio extremo. Como era de se esperar, são os ingredientes mágicos da mistura que fornecem ao corpo o calor necessário. Dessa forma, o bruxo evita a hipotermia (o que sua constituição já ajuda a prevenir, tornando o elixir útil apenas em condições extremas), além de impedir o surgimento de queimaduras pelo frio.

Toxicidade

O Sopro de Korath é usado pelos bruxos apenas em último caso devido à sua extrema toxicidade. O organismo leva vários dias para eliminar completamente certos ingredientes que é melhor nem mencionar (especialmente aqueles com propriedades mágicas). Não há certezas sobre as interações da poção, mas supõe-se que ela esteja ligada ao elemento mágico do fogo – o mais perigoso. Isso talvez explique o alto preço a se pagar pelo uso do Sopro. Assim que o bruxo retorna a um ambiente aquecido, ele vomita violentamente por dois dias, mal conseguindo se alimentar ou se hidratar, o que pode representar um grande risco. Seu corpo, tomado por tremores, lhe dá a sensação de ser um velho à beira da morte.

Ingredientes

- Flores de espinheiro-branco (*Crataegus*)
- Pó de gilbardeira (*Ruscus aculeatus*)
- Casca de sabugueiro (*Sambucus nigra*)
- Extrato da vesícula de escolopendromorfo (yghern)
- Espinhos triturados de *Pachycereus pringlei*

Frasco de vidro embutido em metal soldado e esculpido

Sopro de Korath

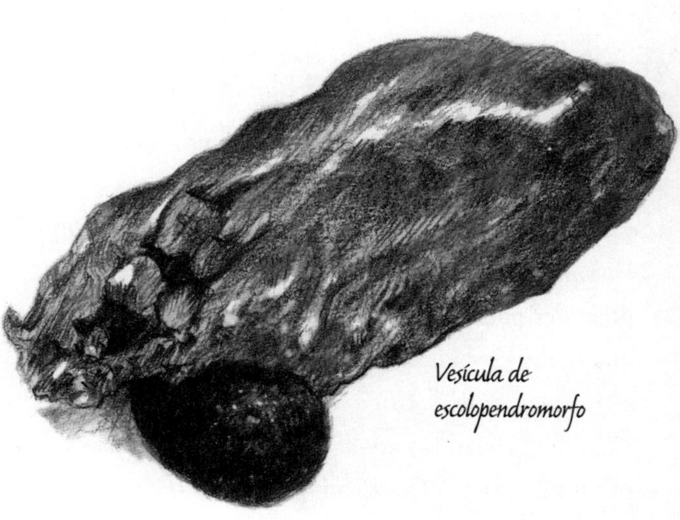

Vesícula de escolopendromorfo

Porcaria de basilisco.

Nunca vou repetir o suficiente. Não depois da recaída que seguiu a Yule. Todos os meus membros voltaram a tremer. Como nos primeiros dias. E até pior. Como se aquela maldita criatura tivesse me estraçalhado na véspera. E eu, que achava que estava a caminho da cura... Tive que gritar no corredor, onde desabei como um velho, para que viessem me socorrer. É um milagre eu não ter me mijado no mesmo instante. Primeiro, desejei que fosse Violette a me encontrar; depois, torci para que não fosse. Que espetáculo lamentável. Felizmente, não era ela. Aposto que isso ela não viu durante o transe. Ou talvez tenha tido a decência de não comentar?

Mal consegui me arrastar. A sacerdotisa precisou chamar outra pessoa. Mesmo depois de deitado, tudo em mim tremia. Eu sentia meu estômago se contorcer contra as costelas, enquanto meus músculos se contraíam em espasmos. Não consegui reter nada por três dias. Aquilo continuou, e continuou ainda mais. Até que comecei a considerar dar fim a tudo, me lançando no meio da nevasca que continuava a soprar lá fora, só para não ter que sentir mais nada.

Enfim, eu me recuperei. O trabalho não estava terminado. Eu ainda não tinha revisto Sorel. Era preciso resistir. Estou melhor, um pouco. Graças aos cuidados das sacerdotisas. A dívida que tenho com elas é da minha vida. Segundo Talasi, as emanações mágicas do solstício despertaram algo em meu organismo. Algo que precisava, acima de tudo, de descanso. Foi por pouco, por muito pouco. Como sempre é para nós.

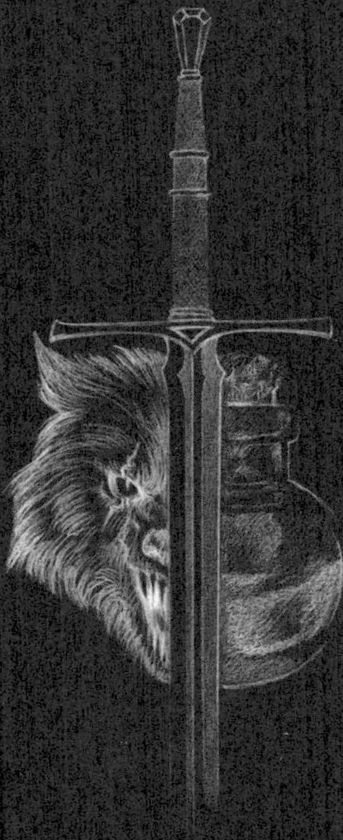

IV

Physiologus, monstros e criaturas do continente

De nós dois, Sorel sempre foi o melhor.

Só fui entender isso depois de alguns anos. Talvez o orgulho da juventude, ou a ideia de que, com esforço suficiente, um dia eu conseguiria superá-lo. No entanto, isso nunca teve a ver com técnica. Nossa força, agilidade e velocidade sempre foram equivalentes. Isso também só compreendi mais tarde. Na verdade, somos iguais em quase todos os aspectos. Cada um dos nossos duelos termina em empate ou com um número semelhante de vitórias e derrotas. Iguais, e ainda assim tão diferentes.

Isso se deve, antes de tudo, à maneira como Sorel vê o mundo e as coisas. Uma visão perspicaz, com uma erudição intuitiva que muitos invejam. Quem teria imaginado isso ao observá-lo nas primeiras semanas do nosso treinamento? Ele, que, mais do que qualquer um, sempre tentava escapar das lições para correr pela mata. É no campo que ele adquire o melhor de seu conhecimento. Em dois movimentos de uma criatura, a acuidade de sua inteligência lhe permite compreender muito mais do que dezenas de páginas e esboços. É um defensor fervoroso do empirismo, embora não rejeite os livros. Para ele, tudo é uma questão de equilíbrio.

Nunca o invejei. Muito pelo contrário. É isso que o diferencia, o que também o torna melhor. Sempre tive por ele uma admiração sincera. Justamente porque, para ele, o mundo é um terreno de aprendizado, de onde extrai lições que nunca deixam de moldá-lo e lhe permitem melhorar. Desde que o conheço, ele tem sido uma inspiração, a força tranquila de Kaer Morhen. Em comparação, o imperturbável Vesemir é um verdadeiro vulcão. Sorel é como um riacho que se adapta às fendas colocadas em seu caminho pela agitação do mundo e dos homens.

Para ele, nada é definitivo. Todo o conhecimento do qual ele é guardião – e do qual nós, bruxos, também somos guardiões – é mutável. Ele nunca perdeu de vista o fato de que sempre há algo a aprender, até mesmo com seus irmãos. Principalmente com seus irmãos. O Continente é vasto, e não podemos saber de tudo. É por isso que compartilhar nossas experiências tem tanto valor, contá-las ao redor da fogueira quando a nevasca sopra lá fora. Foi por essa razão, aliás, que tomei o cuidado de acrescentar diferentes anotações desses intercâmbios em cada uma das criaturas presentes no meu Physiologus.

– Se for escrever este livro – me disse ele –, e eu sei que você vai, pois é mais teimoso que um lobisomem no cio, convide aqueles que virão depois de nós a permanecerem atentos às mudanças, por mais sutis que sejam. Elas podem nos custar a vida.

Ele sempre foi o melhor de nós dois e, ainda assim, agora está morto.

Nós, bruxos da Escola do Lobo, temos um conhecido em comum que oferece diversos serviços em Ard Carraigh. Théobald. Um mestre da informação, dos contatos, da gestão e também do comércio. É por meio dele que transitam as mensagens e as notícias entre Kaer Morhen e o restante do Continente. Antes das primeiras neves, eu havia escrito a ele para avisar a fortaleza das razões que me impediam de ir até lá durante o inverno. Não esperava nenhuma resposta em especial – e muito menos essa: "Informação transmitida. Ekaitz, lamento informar que Sorel está morto. Perto da Górgona. Talvez uma cocatriz. Meus pêsames." Sempre direto ao ponto, nosso querido Théobald. Como se cada carta lhe custasse mais do que a anterior.

Irmãos, já perdi muitos desde que me tornei um bruxo. Nunca pelas mesmas razões. Já disse isso nestas páginas: a morte nos ensina, é o primeiro contato que temos com o mundo que será nosso até o fim. Em certo sentido, ela faz parte de nós e está sempre ao nosso lado. Ela nos ensina a evitar um apego excessivo. Então, por que essa dor tão profunda? Sei que vou me acostumar. Sempre nos acostumamos, como se fosse uma habilidade gravada em nossos genes. Vamos honrá-lo, assim como a tantos outros, no próximo inverno. Por agora, os monstros.

Aguara

Os mestres preferem recomendar a fuga a ensinar o combate contra essa criatura. Contam-se nos dedos da mão os bruxos que encontraram uma aguara em toda a vida. Também conhecida como raposa ou vixena, ela é frequentemente associada aos licantropos por causa de sua capacidade de abandonar a aparência de raposa para assumir a forma de uma mulher. Isso, porém, é um erro, pois os lobisomens são teriantropos – humanos capazes de adotar uma forma animal –, enquanto as aguaras são antérios – criaturas capazes de assumir uma forma humana.

Sob sua aparência animal, a aguara se assemelha a uma raposa mais robusta do que o normal. Os raros relatos coletados mencionam uma pelagem de aspecto mutável. Isso se deve às inúmeras ilusões que a cercam, tornando praticamente impossível a observação de sua forma natural. Quando se transforma em humana, quase sempre mantém a cabeça de raposa, o que permite identificá-la imediatamente.

As aguaras estão entre as criaturas mais perigosas do Continente, devido à inteligência extremamente desenvolvida e à capacidade de gerar e controlar ilusões com um domínio inigualável. Essas ilusões são herança de um poder ainda maior, transmitido por seus ancestrais. Uma aguara pode, sem dificuldade, fazer surgir cidades inteiras, paisagens e até distúrbios climáticos, como tempestades. Por natureza, ela não é hostil aos humanos nem a outras espécies humanoides e só usa esse poder para garantir sua segurança ou a de sua prole.

Reza a lenda, na realidade, que uma aguara às vezes captura uma jovem elfa, que se torna sua filha e, após algum tempo, se transforma em uma raposa. O processo por trás dessa transformação é desconhecido, e é melhor que continue assim. Pelo bem-estar e pela sobrevivência de sua filha, a aguara está disposta a ir a todos os extremos – até mesmo à vingança.

A Ordem não possui métodos comprovados para derrotar uma aguara. Quando os mestres mencionam a existência dessa criatura, deixam claro que jamais se deve interferir em seus assuntos ou lhe causar qualquer dano. Fazer isso seria correr em direção à morte certa. Apesar de todas as modificações sofridas pelos bruxos, para eles é tão difícil quanto para qualquer outro distinguir as ilusões de uma aguara da realidade. No máximo, o medalhão pode permitir detectar sua presença mágica. Essa é, entre outras razões, a prova de que qualquer combate contra uma aguara seria inútil.

Notas e observações

- Não parece existir um "macho" para essa espécie.
- As represálias dessas criaturas podem ocorrer anos depois, devido à sua longa expectativa de vida.
- Nenhum artefato mágico conhecido é capaz de dissipar as ilusões de uma aguara.

Barbegazi

Os barbegazis não são uma ameaça para os bruxos. Na verdade, é raro que eles precisem caçar ou matar essas criaturas, que são, em geral, inofensivas. Isso acontece, às vezes, quando eles se proliferam em túneis ou minas e sua presença prejudica ou impede as atividades humanas. As pessoas comuns às vezes os confundem com outros monstros ou até com humanoides. Falam, então, de anões ou gnomos "demoníacos" que se deslocariam rolando. Um relato que, à primeira vista, parece improvável, mas no qual um bruxo digno desse nome sabe identificar um fundo de verdade.

Identificar um barbegazi é moleza. Essas criaturas têm a aparência de uma bola de pelos cinza e arredondada, sendo que os maiores espécimes podem atingir o tamanho de uma abóbora. No meio dessa massa peluda, há dois olhos brilhantes e esbugalhados, além de uma enorme boca cheia de presas afiadas. Não se identificam braços nem pernas em barbegazis. Eles se deslocam rolando, com rapidez e agilidade. Para se comunicar, limitam-se a chilrear, grunhir, ofegar ou estalar as mandíbulas. Aliás, são geralmente esses sons que denunciam sua presença antes mesmo de serem vistos.

Eles têm dificuldade em suportar a luz do dia, o que explica por que vivem em cavernas, túneis, subterrâneos ou qualquer outro local onde possam se esconder da maioria dos predadores. Os barbegazis vivem em comunidade e podem coexistir com outras criaturas. São essencialmente herbívoros, alimentando-se de musgos e cogumelos que crescem na escuridão. Não são grandes caçadores e passam a maior parte do tempo dormindo na poeira.

Pode acontecer de um bruxo encontrar barbegazis enquanto explora uma caverna em busca de um adversário mais imponente. É fácil ignorá-los, especialmente porque eles preferem ficar preguiçosamente deitados a atacar. Isso, claro, se não forem perturbados ou pisoteados. Os barbegazis às vezes podem ser territoriais. Nesses casos, basta assustá-los – pelo menos, se o grupo não for muito grande. Eliminar algumas dessas criaturas é uma tarefa simples. No entanto, se houver dezenas delas, há o risco de ser dominado por sua ferocidade e pelo instinto de agir em bando.

Notas e observações

- Diferencie os estalos agressivos das mandíbulas, que são secos e rápidos, dos estalos curiosos, que se assemelham a um rangido.
- Cuidado com os cuspes. Eles são inofensivos, mas o cheiro é horrível.
- O cogumelo *Craterellus cinereus* os deixa sonolentos.

Basilisco

Seria imprudente da minha parte dizer que um basilisco não é uma criatura perigosa. Primeiro, porque isso não seria verdade. Depois, porque, se estou encontrando tempo para escrever estas linhas, é justamente por causa da fúria de um deles.

Esse monstro, também chamada de reptulus, é um dos predadores mais temíveis do Continente. Embora existam criaturas mais corpulentas e aparentemente mais perigosas, poucas igualam a concentração de ferocidade de um basilisco. Ele é frequentemente tomado por surtos de fúria e loucura assassina, que o levam a matar indiscriminadamente qualquer ser ao seu alcance.

O basilisco é frequentemente confundido com um draconídeo por causa de sua aparência. Por isso, às vezes, ele é erroneamente identificado como um wyvern ou um lagaz. Atribui-se a ele uma ascendência aviária, semelhante à da cocatriz, que é um ornitorréptil, mas isso é impreciso, pois o basilisco é, na verdade, um réptil. Existem vários elementos que ajudam a distinguir um basilisco de outras espécies: as duas patas dianteiras, com cinco garras cada; as asas, muito mais curtas do que as dos draconídeos; o bico, curvado na ponta; e, por fim, o pescoço largo de tonalidade carmim. Ele pode atingir um tamanho superior ao de um ser humano, embora isso não seja uma regra.

O comportamento dessa criatura é um mistério até hoje. A palavra que melhor define sua atitude geral é frenesi. O basilisco caça de maneira implacável, matando qualquer ser vivo que cruze seu caminho. Se tiver a oportunidade, ele não hesita em carregar sua presa, voando por uma curta distância. Caso contrário, ele a massacra em um surto insano de violência, dilacerando e eviscerando, mesmo quando já está saciado.

A caça de um basilisco geralmente leva a seu ninho, localizado, na maioria das vezes, em uma caverna. É melhor ter certeza de suas habilidades antes de enfrentar um espécime adulto. Os mestres, aliás, desaconselham os jovens bruxos que deixam Kaer Morhen de aceitar contratos envolvendo tal criatura. Para uma primeira tentativa, o ideal é que estejam acompanhados. O uso de poções é recomendado, especialmente a Papa-figos, para combater o veneno, e a Chamariz, para igualar a agilidade do monstro. O Sinal de Igni é útil para provocar um breve ofuscamento ou encurralar o inimigo antes de um golpe fatal. Atenção, no entanto, pois isso tende a aumentar a agressividade da criatura, fazendo com que ataque às cegas. Em caso de ferimento com contato da neurotoxina, um torniquete e a diminuição dos batimentos cardíacos são indispensáveis antes de aplicar cuidados mais avançados.

Notas e observações

- As glândulas de veneno são vendidas por um preço altíssimo.
- Se o monstro recuar, prepare-se para um salto seguido de um golpe com o "polegar" localizado na ponta de uma de suas asas.
- O Sinal de Axia é inútil, pois a criatura é degenerada demais para ser influenciada.
- Seu olhar não transforma em pedra – isso é um mito.
- Uma subespécie da região de Skellige, com asas atrofiadas, possui membros anteriores palmados que a ajudam a nadar.
- Foi constatada uma mutação recente que dá ao basilisco a possibilidade de projetar o veneno por cuspe.

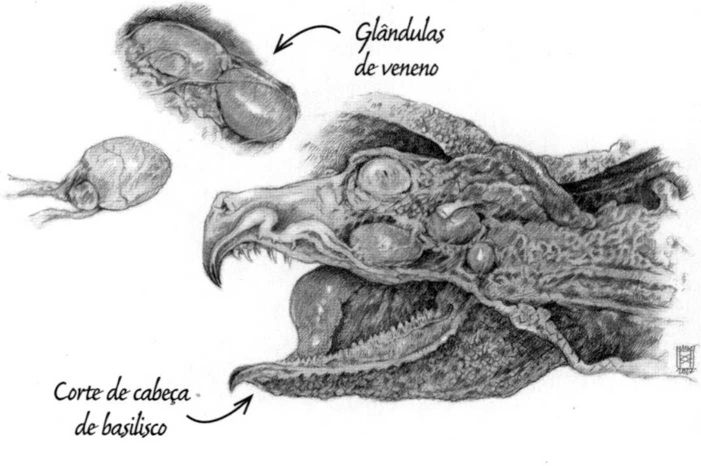

Caça Selvagem

Entre os mitos que existem nas diferentes culturas do Continente, o da Caça é um dos mais antigos. Dependendo da região, também é conhecida como Caça Voadora. Esses nomes fazem referência a um cortejo de espectros que, ocasionalmente, atravessa os céus montado em cavalos esqueléticos e aterrorizantes, acompanhados pelo estrondo de uma tempestade. Diz-se que o Rei da Caça, com seu elmo adornado com asas de rapina, pode ser visto na proa de um navio espectral, feito de madeira apodrecida e com velas esfarrapadas. Mais do que uma simples horda de demônios, a Caça Selvagem é, antes de tudo, um mau presságio.

Desde as origens desse mito, muitos males lhe foram atribuídos. A visão da Caça atravessando os céus seria um presságio de guerra, epidemias, fome ou qualquer outro grande desastre iminente. Há séculos, inúmeros desaparecimentos são ligados a sua passagem. Esse fenômeno é conhecido como a "colheita" da Caça. Pessoas somem quando ela surge e, em alguns casos, reaparecem anos depois. O mais estranho é que seus corpos e rostos não mostram sinais de envelhecimento, como se tivessem deixado o Continente apenas uma hora antes. No entanto, suas palavras são sempre desconexas – falam de outro mundo, verdejante e habitado por espectros de orelhas pontudas.

Quanta verdade há nisso tudo? Nem mesmo os bruxos são mais capazes do que os outros de responder a essa questão com certeza. Como ocorre com muitos mitos e histórias aparentemente absurdas, é essencial manter a cabeça fria para evitar conclusões precipitadas, guiadas apenas pela superstição e pelo medo. No entanto, alguns membros da ordem notaram que, onde há relatos sobre a Caça, logo surge um trabalho ao seu alcance. Seria apenas uma coincidência? Provavelmente. De qualquer forma, é prudente prestar atenção aos testemunhos sobre a Caça, pois, em algumas ocasiões, podem esconder a presença de uma criatura real.

Notas e observações

- A passagem da Caça provoca muitos pesadelos.
- Quanto mais alto a Caça passa, menor o perigo.
- Diversas anomalias meteorológicas podem sinalizar sua manifestação.

Cocatriz

Também conhecida como skoffin ou coquatrus, a lenda conta que essa criatura nasce quando um sapo ou uma serpente choca um ovo de galo. Essas histórias fantasiosas refletem bem o terror que esse monstro extremamente perigoso e mortal inspira na maioria das pessoas. Sua origem é desconhecida, embora existam duas principais teorias sobre o assunto. A primeira sugere que a espécie chegou ao Continente durante a Conjunção das Esferas, embora valha ressaltar que não se trata de uma criatura mágica. Já a segunda teoria afirma que a cocatriz teria surgido há séculos devido a um cruzamento entre duas espécies distintas e à manipulação genética realizada por um mago.

A cocatriz é um ornitorréptil, um monstro meio ave, meio réptil. De fato, é a única criatura desse tipo conhecida. Muitas vezes, é confundida com o basilisco devido ao tamanho relativamente semelhante e à ferocidade compartilhada em combate. No entanto, as duas criaturas possuem características físicas distintas. Devido à sua relação com as aves, a cocatriz pode, à primeira vista, parecer um imenso peru para os menos atentos (o que todos rapidamente lamentam, e muito). Seu corpo é parcialmente coberto por escamas, menores e mais finas do que as do basilisco. Além disso, possui um pescoço mais comprido e esguio, bem como um papo e uma carúncula vermelhos, evidenciando sua natureza híbrida. Suas asas e parte da cauda são cobertas por penas, cuja coloração varia conforme a região. Por fim, sua cabeça, mais estreita, lembra a de um galo, com um bico proeminente e afiado.

É comum que bruxos se deparem com cocatrizes. Essas criaturas são uma das pragas mais frequentes em cidades e vilarejos. Isso se deve à sua natureza ovípara, que a leva a procurar locais frescos e secos para nidificar – e, para isso, as adegas são um esconderijo perfeito. A cocatriz é ágil, rápida e extremamente habilidosa. Enfrentá-la exige concentração e reflexos apurados. O maior perigo está na imprevisibilidade de seus movimentos, difíceis de prever devido à imobilidade da cabeça. Além disso, é essencial estar atento aos seus ataques, pois ela busca surpreender o oponente e atinge com precisão regiões vitais: seu bico mira diretamente o espaço entre as vértebras ou abaixo do rim esquerdo, onde passa a aorta.

Notas e observações

- Possui excelente visão noturna.
- Cuidado com as cocatrizes de carúncula verde. Foi observada uma mutação perto dos pântanos de Pereplut, resultando na transformação de algumas glândulas salivares em glândulas venenosas.
- Sua fúria se intensifica quando está protegendo uma ninhada (que, aliás, deve sempre ser encontrada e destruída).
- Atenção: mesmo com a cabeça decepada, a cocatriz ainda pode desferir golpes.

Doppler

Os dopplers estão cada vez mais raros no Continente. A maioria foi exterminada. Também chamados de mímicos, transformistas, dúplices, pobrementes ou câmbios, esses seres inteligentes foram gravemente afetados pela expansão das cidades humanas, que destruiu seu hábitat natural. Além disso, os primeiros colonos os caçaram desde cedo devido às suas habilidades. Os dopplers possuem a capacidade de assumir a aparência de qualquer humano ou animal que tenha uma massa equivalente à sua. Eles se tornam cópias perfeitas, replicando até os mínimos detalhes, e conseguem imitar com precisão não apenas a postura, mas também a psique do modelo original.

Diferente de uma crença amplamente difundida, o processo por trás da transformação de um doppler não é uma ilusão, mas, sim, uma verdadeira metamorfose. Esse fenômeno ainda não é compreendido por eruditos, magos ou bruxos. Alguns estudiosos sugerem uma possível ligação com a licantropia, embora isso permaneça incerto. Os poderes dos lobisomens, que podem assumir no máximo duas ou três formas, parecem bastante limitados em comparação com os dos dopplers, que conseguem mudar de forma à vontade. Por essa razão, é extremamente difícil observar um doppler em sua forma original. Quando não está disfarçado, ele tem uma aparência flácida, com traços pendentes e quase moles, braços longos e dois olhos amarelos.

Por se tratar de uma criatura inteligente, um bruxo deve pensar duas vezes antes de aceitar um contrato para matar um doppler. O diálogo e a razão são sempre as melhores opções para evitar um banho de sangue. Isso se justifica ainda mais pelo fato de que, em geral, os dopplers utilizam seus poderes apenas para se defender, se esconder e desaparecer, e não para causar danos ou matar. No entanto, a experiência mostra que alguns indivíduos podem ser ardilosos e traiçoeiros para garantir sua sobrevivência. Esses, por sua vez, só devem enfrentar a lâmina de um bruxo como último recurso.

Notas e observações

- Uma corrente de prata neutraliza os poderes de um doppler, impedindo-o de mudar de forma.
- Só é possível detectar um doppler magicamente quando ele está em sua forma original, o que é extremamente raro.
- Os dopplers são criaturas solitárias e não cooperam entre si.

"O Guarda: Quem é você?
O Estrangeiro: Você.
O Guarda: O quê?! Que feitiçaria é essa?!
(O Estrangeiro, após assumir o rosto do guarda, o apunhala.)
O Estrangeiro: Calma. Não se preocupe. Serei você apenas por alguns dias."

Trecho da peça O rei doppler, *apresentada em Novigrad.*

Dragão

Os dragões são conhecidos pela maioria das pessoas. No entanto, isso não significa que qualquer um seja capaz de identificá-los corretamente ao vê-los. Essas criaturas são frequentemente confundidas com wyverns e lagazes. A melhor forma de distingui-los é pela cor. Existem quatro grandes espécies de dragões: os verdes, os mais comuns, embora sua pele tenha um tom mais acinzentado do que verdadeiramente esverdeado; os vermelhos; os pretos; e os brancos, os mais raros, encontrados apenas no Grande Norte, no coração dos montes do Dragão. Apesar de sua aparência selvagem, os dragões possuem grande inteligência. São seres mágicos, capazes de extrair poder das forças elementares que permeiam o mundo, embora ninguém saiba exatamente com que propósito.

Esses seres se tornaram tão raros que frequentemente são considerados lendas. Muitos bruxos nunca chegaram a encontrar um. Com o avanço da civilização humana, os dragões se refugiaram em terras inacessíveis, no alto das montanhas ou em fendas profundas, evitando qualquer contato. Vale ressaltar que, muitas vezes, os dragões são guardiões de tesouros, o que desperta desejo e cobiça entre os homens. Isso frequentemente resulta em caçadas implacáveis, onde guerreiros e aventureiros tentam localizar suas tocas para matá-los e saquear suas riquezas.

Apesar de suas raras aparições, diferenciar um dragão das criaturas com as quais é confundido não é difícil. Eles possuem grandes asas membranosas e dois pares de patas escamosas, armadas com garras afiadas. Todos os dragões são capazes de cuspir fogo, uma característica única que não é compartilhada com nenhuma outra espécie, reptiliana ou não. Além disso, sua pele, já naturalmente espessa o suficiente para deter qualquer projétil, é coberta por escamas tão resistentes quanto metal.

A Escola do Lobo ensina a não caçar dragões. Essa é uma regra que sempre existiu, por um bom motivo: os dragões são seres inteligentes, cuja morte deve ser evitada sempre que possível – especialmente quando motivada apenas pela ganância humana. Para a maioria dos bruxos, essa regra também está ligada a um profundo respeito

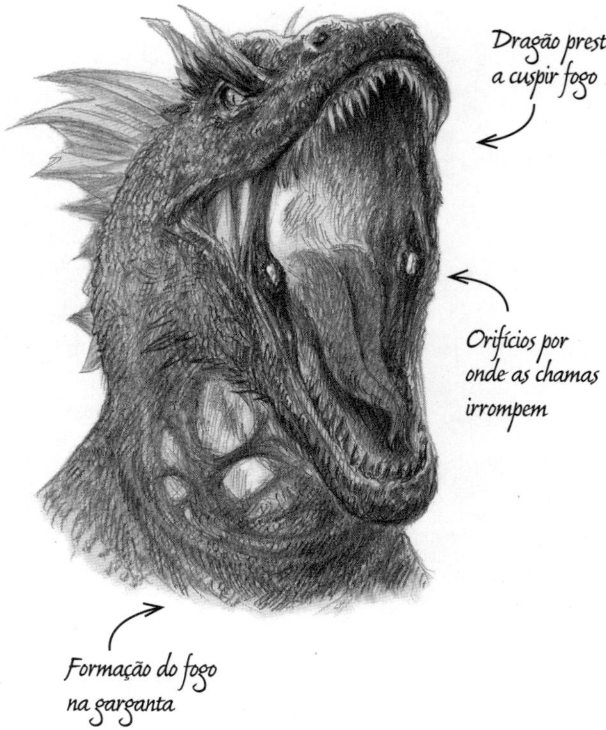

por essas criaturas. Seres sencientes e milenares, os dragões possuem um conhecimento vastíssimo, e seu modo de vida não representa uma ameaça direta aos humanos, apesar da aversão que estes frequentemente nutrem contra eles.

Notas e observações

- Uma lenda diz que alguns dragões têm a capacidade de mudar de aparência.
- Supostamente, existe uma quinta espécie de dragão, o dragão dourado, embora ninguém jamais tenha visto um.
- Se um dragão ataca, é porque está desesperado ou porque sucumbiu ao próprio ódio.
- O comércio de ingredientes derivados de dragões sempre gerou especulações absurdas. Em algumas regiões e cidades, há regulamentação para evitar fraudes e falsificações.

Escolopendromorfo

O escolopendromorfo é um miriápode gigantesco, também conhecido como yghern no idioma antigo. Esses monstros carnívoros são predadores letais, representando uma ameaça mortal para qualquer um que tenha o infortúnio de cruzar seu caminho. Embora tenham chegado durante a Conjunção das Esferas, conseguiram se adaptar a diferentes climas, muitas vezes através de mutações, então se encontram por todo o Continente. Residem mais comumente em florestas ou em suas proximidades, onde costumam se enterrar e aguardar suas presas.

O escolopendromorfo nada mais é do que um centopeia imensa, com um corpo que pode ultrapassar quatro metros de comprimento. Seu tórax é dividido em vários segmentos, cada um contendo um par de patas ágeis e poderosas. No primeiro segmento, encontram-se a cabeça e os forcípulos, equipados com ganchos extremamente fortes que injetam um veneno letal. As propriedades do veneno podem variar dependendo das mutações, mas o contato com o corpo humano é sempre fatal. Esse monstro se orienta no subsolo, detectando fontes de calor próximas por meio de longas antenas, que também são capazes de captar odores no ambiente.

Os apêndices e sentidos aguçados do yghern são fundamentais para sua estratégia de caça, que ocorre enquanto

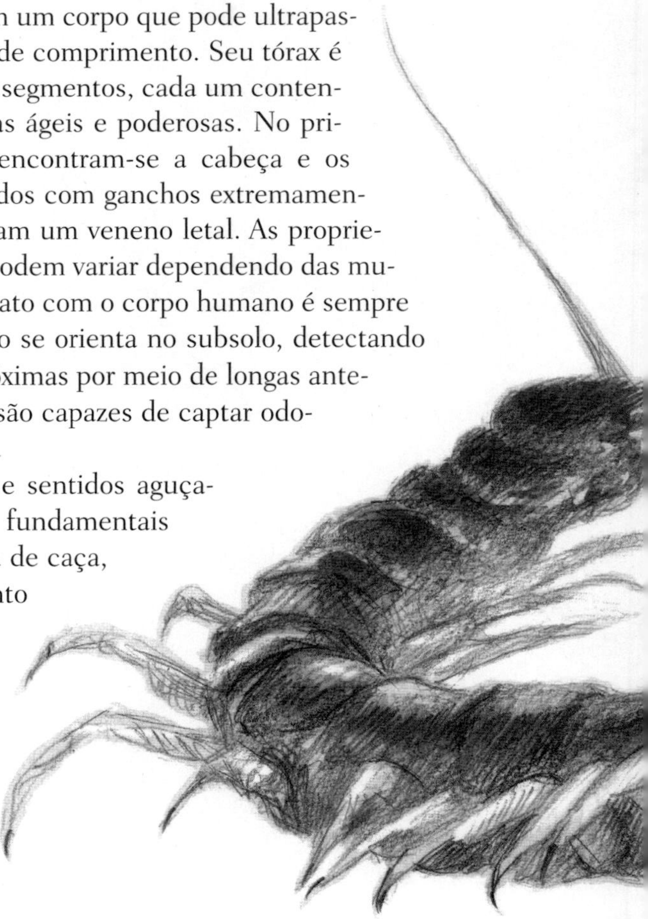

está enterrado. Camuflado, ele utiliza suas patas e antenas, às vezes deixando apenas as antenas expostas discretamente, para sentir as vibrações dos movimentos na superfície. Seus órgãos sensoriais são tão precisos que permitem avaliar a massa de uma possível presa. Se perceber que a caça vale o esforço, o escolopendromorfo usará sua rede de túneis subterrâneos para se deslocar rapidamente e emergir de supetão. Algumas subespécies adotam métodos diferentes e escorregam ao longo dos troncos de árvores ou pulam dos galhos para surpreender as vítimas. Em qualquer dos casos, o elemento surpresa é essencial, pois o miriápode tenta injetar seu veneno nos primeiros segundos do ataque. Se falhar, ele se envolve em um combate feroz, fazendo de tudo para encurralar a presa e eliminar qualquer rota de fuga.

Um bruxo atento pode derrotar essa criatura com relativa facilidade, mas precisará de reflexos afiados e total concentração. Apesar do tamanho imponente, o escolopendromorfo é ágil e veloz. Suas investidas podem ser rápidas e brutais, algo que seu volume não deixa transparecer à primeira vista. Além disso, a criatura pode se contrair e, de repente, lançar-se sobre sua presa. Uma espada de prata não é essencial, mas relatos indicam que, contra certas mutações, ela se mostrou mais eficaz do que uma lâmina comum. O bruxo deve manter movimentos constantes e imprevisíveis, pois o monstro prevê os ataques e deslocamentos através das vibrações do solo. A melhor abordagem é seccionar grande parte das patas em um golpe inicial. Com isso, o resto se torna mais fácil.

Notas e observações

- Não adianta atacar a parte superior da cabeça: a carapaça quitinosa é espessa demais, mesmo para uma gwyhyr.
- Em Rívia, foi observada a mutação de um yghern que desenvolveu capacidade anfíbia.
- Perto de Brokilon, foram identificados indivíduos mutantes com cabeças nas duas extremidades do corpo.
- Enterrar-se no solo não significa o fim do combate: o escolopendromorfo pode ressurgir de um local totalmente diferente.
- Mesmo enfraquecida, a criatura ainda pode matar por constrição. Nunca permita que ela se enrole ao redor do corpo.

Estrige

Após a Conjunção das Esferas e o surgimento do Caos no Continente, múltiplas criaturas amaldiçoadas vieram à existência. Para muitas delas, a maldição ainda hoje permanece um enigma indecifrável. Felizmente, a estrige não faz parte desse grupo. Os estudos de diversas feiticeiras, magos e bruxos permitiram compreender o que poderia dar origem a criaturas tão monstruosas e letais. Um núcleo de ódio dirigido contra uma jovem, aliado a certas palavras, é capaz de lançar a maldição. Uma vez amaldiçoada, a vítima se transforma em um horror irracional sedento de sangue, capaz das piores atrocidades.

Uma estrige está longe de possuir a aparência da jovem que foi um dia. Transformada pela maldição, seu corpo torna-se disforme, imponente e imundo. Com uma média de um metro e oitenta de altura, a criatura desenvolve músculos poderosos que lhe conferem uma força colossal, sem, no entanto, privá-la de uma agilidade impressionante. Sua cabeça, desproporcional em relação ao corpo, é adornada por uma boca ampla, repleta de presas amareladas e afiadas, além de dois olhos vermelhos e fulgurantes.

Seus olhos permitem que a estrige enxergue no escuro, pois ela é, acima de tudo, uma criatura noturna. Durante o dia, mergulha em um estado de letargia profunda e só desperta ao anoitecer para perambular pelos arredores da toca em busca de alimento. Ela tem uma predileção por carne humana, embora possa se contentar com outros animais. No entanto, essa criatura mata principalmente para saciar sua loucura e seu ódio sem limites. É bem comum abandonar cadáveres dilacerados sem se dar ao trabalho de devorá-los.

Matar uma estrige não é uma tarefa fácil, dada sua ferocidade. As mais poderosas podem dar trabalho até mesmo para bruxos experientes. Devido à sua natureza amaldiçoada, ligada ao Caos, a espada de prata é um requisito indispensável – sem ela, é impossível derrotar a criatura. Correntes de prata também são essenciais, pois permitem restringir, ao menos parcialmente, a estrige, cujos saltos e investidas são devastadores. O melhor é que essa dança mortal ocorra dentro da toca do monstro, onde, além de ser pego de surpresa, ele não terá para onde recuar e verá seus movimentos limitados.

Tentar desfazer a maldição dessa pobre criatura é um processo ainda mais incerto. O método, complexo e variável, depende da fórmula empregada e das circunstâncias em que o feitiço foi lançado. Se o bruxo optar por esse caminho, primeiro terá que conduzir uma investigação meticulosa, pois a pessoa que lançou a maldição pode jamais ser encontrada. Ainda assim, ele não escapará de um confronto com a criatura, no qual, em vez de matá-la, deverá apenas enfraquecê-la – algo que pode se revelar delicado e perigoso. É essencial esclarecer à pessoa que encomendou o trabalho que, mesmo que o feitiço seja quebrado, as chances de a jovem recuperar suas faculdades e um comportamento normal são baixas. Tudo dependerá do tempo que ela passou na forma de estrige.

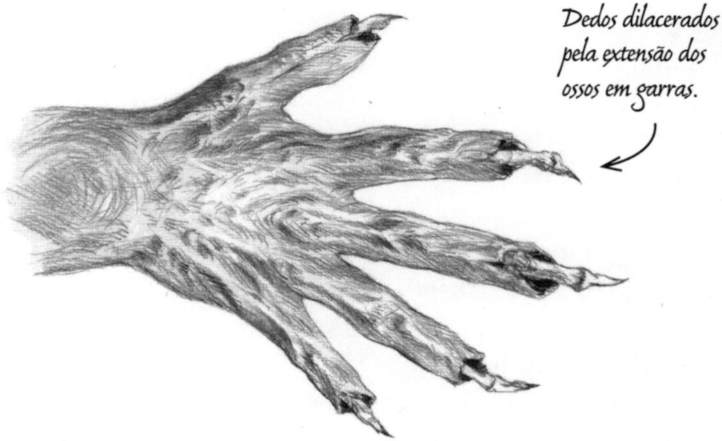

Notas e observações

- Uma jovem cuja maldição foi quebrada ainda corre o risco de se transformar novamente em monstro.
- Deve-se fazer com que a jovem use uma safira com uma inclusão, pois isso pode impedir uma nova transformação.
- Após o rompimento da maldição, queimar ramos de zimbro, giesta e avelã no quarto da jovem.
- A presença de um gato na casa da jovem pode ajudar a prever uma nova transformação, pois o animal demonstrará uma mudança súbita de comportamento.

Gênio

Os gênios são as criaturas elementares e mágicas mais poderosas conhecidas no Continente. Distinguem-se em quatro grandes tipos: os djinns, ligados ao domínio do ar; os marids, associados à água; os daos, conectados à terra; e os ifrites, que são os gênios do fogo. Todos eles vêm de outras dimensões e são atraídos para a nossa devido às forças elementares presentes em toda parte. Essas criaturas só representam uma ameaça se um mago tentar subjugá-las ou se estiverem presas a um selo por um juramento.

Reconhecer um gênio não é nada fácil. Primeiro, porque sua aparência depende do tipo, mas também porque ele pode mudar de forma ou se fundir com o elemento ao qual está ligado. Um marid, por exemplo, pode se misturar ao curso de um rio, desaparecer dentro de uma nuvem ou de uma névoa para evitar ser visto. É justamente por isso que essas criaturas são tão raras e até mesmo lendárias para muitas pessoas. A maioria dos gênios também possui a capacidade de se materializar em diferentes formas físicas, como uma esfera luminosa, uma fumaça colorida ou até mesmo uma cabeça com membros.

Muitas histórias circulam sobre os gênios. A mais conhecida conta que alguns deles estão aprisionados em frascos ou garrafas mágicas, o que é verdade. Embora seja extremamente raro, é possível encontrar tais relíquias no Continente. Esses artefatos são selados por magia, impedindo o gênio de escapar. A pessoa que quebrar o selo libertará a criatura e se tornará seu mestre até que um certo número de desejos seja concedido (geralmente três). O gênio está preso por um juramento mágico que o obriga a realizar esses desejos antes de poder retornar à sua dimensão. No entanto, é preciso ter cautela. Um gênio que esteve aprisionado, às vezes por centenas de anos, dificilmente será cordial ou prestativo. Ele atenderá aos desejos de forma imprevisível e astuta.

Um bruxo pode tentar enfrentar um gênio, porém, sua habilidade com os Signos não será suficiente para resistir por muito tempo contra o poder da criatura elemental. Diante de sua fúria, ele será aniquilado. Por mais inteligentes que sejam, os gênios não podem ser persuadidos ou levados à razão por meio do diálogo. Somente um mago

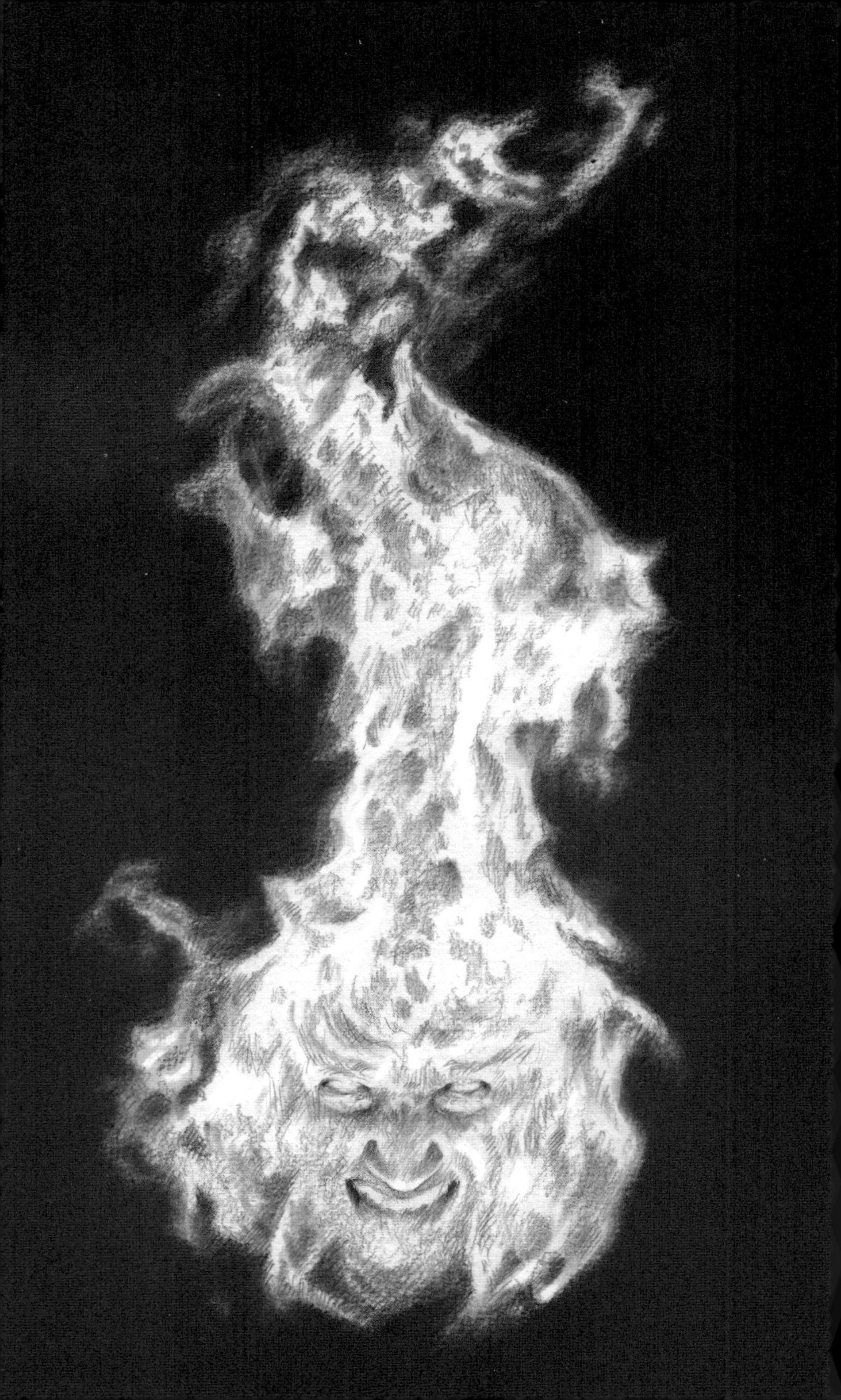

ou uma feiticeira de imenso poder pode confrontar uma entidade dessas e até mesmo controlá-la, tornando-a sua serva. Esse foi o feito de Herbert Stammelford, um dos magos fundadores do Capítulo. No passado, ele teria subjugado um dao, um gênio da terra, e utilizado seu poder para mover montanhas. No entanto, quem se arrisca a essa empreitada corre o perigo de se exaurir completamente.

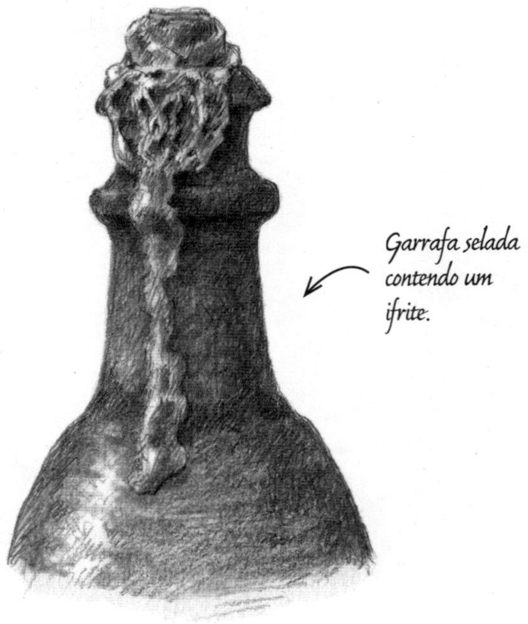

Notas e observações

- Embora venham de outra dimensão, os gênios podem interagir com a nossa.
- Os ifrites são considerados pelos magos os mais poderosos, pois estão ligados à magia do fogo, que é, por sua vez, a mais poderosa.
- Nunca quebre um selo ou, se não houver alternativa, guarde os fragmentos para análise. Conceder os desejos é, então, a única maneira de se livrar do gênio.

Ghoul

Os ghouls são os necrófagos mais comuns do Continente. Podem ser facilmente encontrados nos arredores de cemitérios, campos de batalha ou valas comuns. A expansão humana e os inúmeros conflitos sangrentos contribuíram para a proliferação dessas criaturas, que se alimentam de carne em decomposição. No entanto, os ghouls não se limitam a devorar os mortos, o que os torna extremamente perigosos. Impelidos pela fome ou pela loucura, eles atacam os vivos para saciar seu apetite insaciável. Seus ferimentos costumam ser fatais para pessoas comuns, pois transmitem uma variedade de patógenos, como peste, raiva, salmonela, tuberculose, tifo, entre outros.

Os ghouls despertam um medo profundo no coração dos humanos, provavelmente porque são as criaturas que mais se assemelham a eles fisicamente. Eles são menores e mais atarracados do que um homem de estatura mediana. Sua pele tem uma tonalidade acinzentada, às vezes escamosa, e exala um odor desagradável. Todos os ghouls possuem mãos poderosas com unhas curtas e resistentes, capazes tanto de escavar a terra com facilidade quanto de abrir as entranhas de uma vítima. No entanto, o mais temível neles é a boca: além de estar repleta de dentes pontiagudos, sua força descomunal permite que quebrem ossos com extrema facilidade.

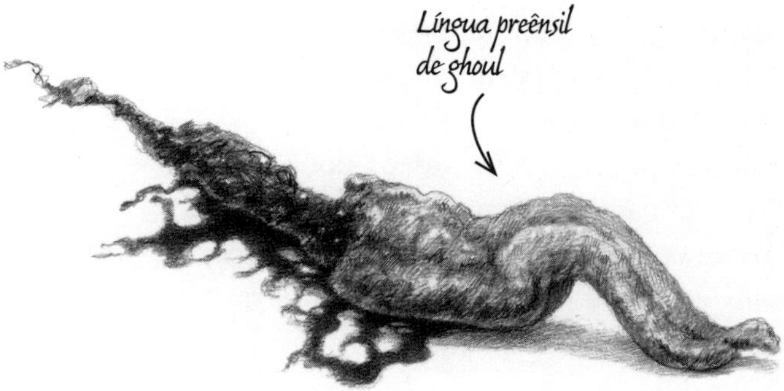

O medo que os ghouls despertam também está relacionado à crença de que uma única mordida seria suficiente para transformar a vítima em uma criatura após alguns dias. Infelizmente, esse assunto foi pouco documentado, mas parece que essa ideia não é correta. Esses monstros realmente secretam diversos fluidos – especialmente em torno da boca – que carregam inúmeras doenças, mas sua proliferação não ocorre por meio da contaminação das vítimas.

Um ghoul não representa um problema para um bruxo. Dois, tampouco. Na verdade, a atenção só se torna essencial quando um grupo de pelo menos cinco deles estiver reunido. Esses monstros não têm grande inteligência, mas são capazes de coordenar seus ataques para abater a presa. Foi exatamente isso que aconteceu no triste e famoso ataque a Carreras, quando um bando de ghouls devastou a vila. Eles temem a luz e o fogo, tornando o Sinal de Igni um recurso valioso em momentos críticos. No entanto, é preciso ter cuidado. Como ocorre com a maioria das criaturas, a escuridão da noite pode ser vantajosa para discernir melhor seus movimentos, já que a luz pode enganar devido às sombras que projeta. Para derrotá-los, uma lâmina de prata é indispensável, pois essas criaturas são vulneráveis ao material.

Notas e observações

- Existe um parente próximo dos ghouls que se alimenta principalmente de medula óssea em decomposição: o graveir. Ele se diferencia do ghoul por possuir três cristas no topo do crânio.
- Após ser ferido por um ghoul, é recomendável o uso da poção Papa-figos para evitar infecções.
- Contra um grupo numeroso, a poção Pigargo pode ser útil para lidar com ataques coordenados.
- Ao sul de Sodden, alguns ghouls com mutações específicas desenvolveram a habilidade de se enterrar e se camuflar, criando armadilhas para vítimas vivas.
- Entre Kaedwen e Aerdin, foi observada uma mutação em que os ghouls desenvolveram uma língua preênsil com capacidade de extensão.

Léchi

O léchi, também conhecido como liéchi, léchiï ou leshen, é uma criatura mágica extremamente poderosa, capaz de controlar a fauna e a flora à vontade. Muitos o veem como um protetor da natureza, mas os habitantes de vilarejos próximos a florestas e pântanos o temem. Ele é o pesadelo de caçadores e lenhadores, que evitam provocar sua ira. Se uma criatura dessas for avistada em uma floresta, ninguém ousa entrar ali – a menos que esteja buscando uma morte horrível. O léchi mata qualquer um que se aventure em seu território.

Não há certeza sobre a origem dessas criaturas. No entanto, seu caráter mágico sugere que tenham chegado ao Continente durante o cataclismo da Conjunção. Detectar a presença de um léchi é extremamente difícil, pois sua aparência se confunde com a de uma árvore, e ele se funde perfeitamente à vegetação, aguardando potenciais intrusos. Além disso, vários bruxos relataram que essa criatura pode modificar o corpo, tornando-se mais verde ou até fazendo brotar folhas e galhos, para se camuflar ainda melhor. No entanto, o léchi não é um ser puramente vegetal. Sua casca e musgo possuem ossos salientes, o que já levou alguns magos a especularem, sem provas concretas, que ele poderia ser um receptáculo de uma força elemental vingativa.

Derrotar um léchi é uma tarefa extremamente perigosa. A criatura percebe a presença de qualquer um antes mesmo de ser vista. Os bruxos têm a vantagem de seus sentidos aguçados e do medalhão, que começa a vibrar quando um léchi está próximo. No momento em que está prestes a ser detectado, o monstro manipula a vegetação e os animais ao redor para se defender e atacar sua presa. Lobos, ursos, aves e até mesmo criaturas menores, como serpentes, podem responder ao seu chamado. As plantas e árvores também reagem, criando armadilhas e obstáculos. Esse é o maior desafio ao enfrentar um léchi, pois o combate nunca é contra um único inimigo. A criatura aproveita qualquer oportunidade para desferir um golpe decisivo. Para derrotá-lo, uma lâmina de prata é indispensável, assim como o uso do Sinal de Igni. No entanto, ao recorrer ao fogo, o bruxo deve estar preparado para enfrentar uma reação ainda mais feroz, já que o léchi não tolera ver seu território em chamas.

Notas e observações

- Alguns léchis possuem a capacidade de reduzir drasticamente seu tamanho para se camuflar melhor na vegetação.
- Cortar os membros superiores primeiro enfraquece o controle da criatura sobre os animais.
- Evite chegar ao local a cavalo, pois o léchi pode tomar o controle do animal.
- Se os pássaros pararem de cantar, significa que o léchi já detectou sua presença.
- O feitiço Axia é inútil contra os animais sob seu domínio.

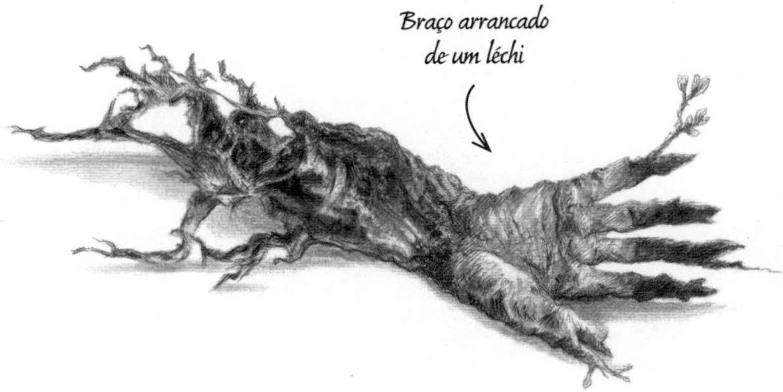

Lobisomem

Os lobisomens, também chamados de licantropos, garous, garwafs, leus ou homens-lobo, são teriantropos – humanos com a capacidade de se transformar em animais. Esse poder, que muitos consideram uma maldição, é adquirido após a mordida de um lobisomem. Apesar de sua origem humana, essas criaturas são frequentemente perigosas e letais. Lobisomens são solitários por natureza. Nem totalmente humanos, nem completamente lobos, eles lutam para encontrar um equilíbrio que os impeça de sucumbir à animalidade e ao instinto assassino. Na realidade, pouquíssimos conseguem resistir a essa transformação.

Os lobisomens se parecem com qualquer pessoa e conseguem se misturar facilmente entre os humanos quando estão em sua forma natural. Alguns conseguem controlar sua transformação, decidindo quando mudar de forma, e, por isso, jamais foram descobertos, levando uma vida aparentemente normal. No entanto, para a maioria dos indivíduos mordidos, a realidade é bem diferente. Caso não tenham se transformado antes, a primeira lua cheia faz com que percam totalmente o controle. Eles se entregam a uma ferocidade incontrolável, cometendo atos tão brutais que, ao recobrarem a consciência, são incapazes de se perdoar. Esse estado leva muitos ao desespero e, frequentemente, à loucura.

Um lobisomem pode assumir duas formas animais. A mais conhecida é a de um homem-besta, uma criatura humanoide, mas com a pele coberta de pelos. Seu corpo se transforma drasticamente, tornando-se mais musculoso e atarracado. As mãos crescem, adquirindo garras afiadas, enquanto os pés se tornam patas. No final da transformação, o rosto perde qualquer traço humano, dando lugar a um focinho largo e comprido, repleto de presas afiadas. A segunda forma, mais simples, é a de um lobo gigantesco, muito maior do que o comum.

O lobisomem é uma criatura dotada de inteligência, e alguns ainda conservam vestígios de humanidade. No entanto, bruxos às vezes os matam. Sendo predadores perigosos, muitos sofrem com sua condição ou acabam sucumbindo à loucura, e, nessas circunstâncias, não é aceitável deixá-los livres para matar. Para derrotá-los, o bruxo deve localizar a toca do monstro e atacar com uma lâmina de prata, metal temido pelos licantropos. O ideal é priorizar agilidade e esquivas, pois essas criaturas possuem uma força capaz de despedaçar rochas. O Sinal de Igni é muito eficaz, pois o pelo áspero do lobisomem se incendeia facilmente e seus olhos são sensíveis à luz. Alguns lobisomens infelizes chegam a suplicar pela morte, incapazes de suportar sua existência, mas sem coragem para pôr fim à própria vida.

É possível quebrar a maldição de um lobisomem. No entanto, não me arriscarei a detalhar o método aqui, pois ele está fora do alcance de um bruxo inexperiente. Apesar da esperança que essa possibilidade traz, o processo nem sempre é bem-sucedido. E, mesmo quando funciona, o humano liberto pode nunca mais ter uma vida normal, embora deixe de se transformar e cometer massacres. Ele precisará fugir para longe, deixando para trás sua terra natal, onde ninguém conheça as agressões que cometeu. Por fim, dependendo da gravidade de suas ações passadas, a culpa pode persegui-lo para sempre.

Notas e observações

- Em casos extremamente raros, um homem-lobisomem e uma mulher-lobisomem podem gerar descendência. Essa criança nascerá como um teriantropo.
- Lobisomens podem invocar lobos reais para ajudá-los em combate.
- Segundo Viktor Pelevine, em *O livro sagrado do lobisomem*, o poder dos licantropos seria apenas um resquício de um poder ancestral muito mais grandioso.
- Ursomens e ratazomens fazem parte do mesmo grupo teriantropo que os lobisomens.
- Devido às suas mutações, um bruxo não precisa temer a mordida de um lobisomem, pois não pode ser infectado.

Mantícora

É altamente recomendável negociar bem a recompensa por eliminar uma mantícora, pois trata-se de uma criatura extremamente perigosa, capaz de colocar até mesmo bruxos experientes em apuros. Esse predador feroz, que ficou preso no Continente após a Conjunção das Esferas, rapidamente se adaptou a diferentes ecossistemas, alterando cadeias alimentares locais. Antes do surgimento dos magos e dos bruxos, as mantícoras eram temidas por sua capacidade de voar sobre qualquer fortificação, capturar presas e fugir com elas.

A mantícora possui o corpo de um leão, com patas enormes equipadas com garras afiadas, além de uma crina impressionante, que pode inflar para intimidar seus adversários. Sua boca, no entanto, não se assemelha à de um felino: é muito mais grotesca e aterrorizante, contendo três fileiras de dentes afiados. Em seu dorso, estendem-se duas asas membranosas, permitindo-lhe voar com agilidade e alcançar altitudes elevadas no céu. Sua característica mais marcante, porém, é a cauda longa e peluda, que termina em um dardo semelhante ao de um escorpião. Esse ferrão permite que a mantícora injete um veneno mortal em suas presas.

Um bruxo recém-saído de Kaer Morhen não deve enfrentar uma mantícora sozinho, pois, apesar de seu treinamento rigoroso, o risco seria extremamente alto. Para o primeiro combate contra essa criatura, é preferível que ele esteja acompanhado de um mestre ou, na falta deste, de outro bruxo jovem. Muitos membros inexperientes da Ordem já encontraram um fim trágico ao subestimá-la. Além disso, atingir uma mantícora não é fácil, pois elas nidificam em locais elevados e inacessíveis, descendo apenas para se alimentar, principalmente durante o dia. O bruxo deve, portanto, escolher entre esses dois riscos aquele que considerar menor.

A estratégia para matar uma mantícora pode ser resumida em poucas palavras: use uma lâmina de prata, corte sua cauda, depois suas asas, e finalize com o golpe fatal. No entanto, todo combate contra essa criatura feroz é único. A mantícora pode tentar arrancar seu braço para desarmá-lo, golpear com as asas para atordoá-lo e atacar com o ferrão. Em menos de trinta segundos, o bruxo terá a sensação de estar enfrentando três inimigos ao mesmo tempo, em vez de apenas um. Para aumentar as chances de sobrevivência, o uso de poções é essencial, como a Cotovia, se a batalha ocorrer à luz do dia, Gavião, Papa-figos, Pigargo e Chamariz.

Notas e observações

- Em algumas regiões, como Novigrad ou Ban Ard, o veneno fresco de mantícora pode ser vendido por preços exorbitantes.
- Apesar dos rumores, mantícoras não cospem fogo.
- Foram observadas mutações perto do rio Sem-Retorno, permitindo que algumas mantícoras disparassem espinhos venenosos. Essa evolução não parece natural e pode ser resultado de manipulação mágica.

Monstro-carvalho

Diz-se que foram os Aen Seidhe que, por meio de sua magia, criaram os monstros-carvalhos há séculos. Essas criaturas mágicas são consideradas guardiãs da floresta, movidas por um forte instinto protetor. Elas se dedicam à preservação da natureza, expulsando intrusos e qualquer ameaça de seus territórios. Imprevisíveis e brutais, não possuem inteligência avançada nem são capazes de se comunicar. Atualmente, esses monstros são raros, sendo mais facilmente encontrados em santuários druídicos, onde podem viver em harmonia com a fauna e a flora, sem o risco de serem caçados. Os monstros-carvalhos são considerados imortais, pelo simples fato de ninguém jamais ter testemunhado a morte de um deles.

À primeira vista, um monstro-carvalho se assemelha a uma árvore imponente, o que torna extremamente difícil distingui-lo da vegetação ao redor, à qual se funde. Apesar de seu tamanho colossal, desloca-se sem dificuldade, impulsionado pelas raízes, e sua agilidade surpreende muitas de suas vítimas. Ele captura suas presas rapidamente, utilizando galhos nodosos e bifurcados e cipós preênseis. As vítimas geralmente são esmagadas, presas entre galhos afiados e cascas cortantes, pela boca gigantesca, situada no centro do tronco. Quando não são imediatamente consumidas, permanecem presas e sufocadas até morrerem desidratadas. Os monstros-carvalhos mais aterrorizantes são facilmente reconhecíveis por suas copas repletas de cadáveres, em diferentes estágios de decomposição.

Os monstros-carvalhos têm uma força colossal, tornando-se adversários perigosos. Antes mesmo de sentir o chão tremer com a aproximação da criatura, um bruxo pode perceber sua presença por meio do medalhão, já que elas emanam constantemente uma leve energia mágica. O nível de violência de um monstro-carvalho pode ser tão brutal que a recomendação geral para qualquer bruxo é evitar enfrentá-lo. Espadas têm pouco efeito contra seu corpo feito de madeira, e mesmo as machadinhas mais afiadas exigem inúmeros golpes para causar danos significativos. O único recurso eficaz é o Sinal de Igni, pois madeira ainda é madeira. No entanto, há um risco: antes de ser completamente consumido pelo fogo, o monstro-carvalho pode aniquilar seu oponente.

Notas e observações

- A presença de um druida é recomendada durante o combate.
- Adotar uma postura pacífica ou completamente passiva pode, em alguns casos, evitar provocar a criatura.
- O perigo pode vir do subsolo: o bruxo deve ficar atento às raízes do monstro-carvalho, que podem se enrolar em suas pernas.
- Diferente do léchi, o monstro-carvalho não possui a habilidade de controlar animais ou manipular a natureza ao seu redor.

Nevoloso

O nevoloso, também chamado de núbilo, é uma criatura mágica que ficou presa no Continente durante a Conjunção das Esferas. Extremamente perigoso, exige a intervenção de um bruxo para ser erradicado, pois apenas uma lâmina de prata e reflexos extraordinários podem derrotá-lo. Trata-se de uma criatura solitária, que geralmente atua nos arredores de estradas afastadas dos vilarejos. Ele é responsável por várias lendas entre os comerciantes itinerantes e viajantes, que temem – com razão – encontrá-lo durante suas jornadas.

Descrever a aparência de um nevoloso não é uma tarefa fácil. A primeira forma sob a qual se manifesta é uma névoa, daí o nome que lhe foi atribuído. Ele possui, de fato, a capacidade de se fundir em um nevoeiro denso. Esse nevoeiro pode ser natural, mas também pode ter sido gerado pelos próprios poderes da criatura. Sua presença é quase impossível de detectar quando está oculto nessas formas vaporosas. Dessa maneira, pode se deslocar e saltar sobre sua presa, matando-a rapidamente antes de devorá-la. É extremamente raro encontrar o corpo de suas vítimas. Relatos de desaparecimentos em pântanos, trilhas isoladas, passagens de montanha ou florestas, sempre acompanhados da menção a uma névoa persistente, são os sinais que denunciam sua presença.

Quando o nevoloso não está oculto na névoa, assume a aparência de um humanoide do tamanho de um homem, com pele sombria e longos dedos munidos de garras afiadas. Seu rosto horrendo, retorcido em uma carranca que revela dentes amarelados e pontiagudos, é marcado por dois olhos brilhantes. Essas duas luzes costumam ser a última coisa que suas presas enxergam no meio da névoa antes de serem capturadas. A criatura só se revela nessa forma quando é forçada a fazê-lo, pois é assim que se torna mais vulnerável.

Um nevoloso não deve ser subestimado, nem mesmo por um mestre experiente. Como a maioria das criaturas mágicas, ele dá muito trabalho e não se deixa encontrar facilmente. Apesar de seus reflexos excepcionais, um bruxo pode fazer bom uso da poção de Gavião ou de Chamariz para detectar as mínimas variações na névoa que denunciam a presença da criatura. Essa atenção especial é essencial

durante todo o combate, pois o nevoloso é astuto e se esconderá na névoa sempre que possível antes de atacar novamente.

Notas e observações

- Use o Sinal de Aard ou de Igni para dissipar a névoa e enxergar melhor a criatura.
- Um jovem nevoloso pode acompanhar um adulto (caso muito raro).
- Evite a todo custo entrar em um pântano sem ter onde firmar os pés.
- Não há presença de fauna nas proximidades da área onde essa criatura atua.

Quiquimora

A quiquimora chegou ao Continente durante a Conjunção das Esferas. Essa criatura de aparência insetoide é relativamente comum, e todos os bruxos da Escola do Lobo já enfrentaram várias delas ao longo da vida. Não é raro encontrá-las próximas a assentamentos humanos, onde terão um suprimento constante de alimento. Elas se estabelecem em pântanos, enterrando-se profundamente na lama para evitar serem detectadas. Quando uma presa passa por perto, saltam abruptamente do lodo para capturá-la. No entanto, raramente emergem por completo, limitando-se a expor as mandíbulas e patas dianteiras. Das vítimas, na maioria das vezes, restam apenas membros dilacerados ou uma grande poça de sangue no chão. Tais sinais, junto com desaparecimentos inexplicáveis, são os principais indícios da presença de uma quiquimora.

A maioria das pessoas descreve esse monstro como uma enorme aranha. Essa definição simplificada se deve aos três pares de patas cobertas por pelos compridos que a quiquimora possui. A criatura pode atingir o dobro do tamanho de um ser humano e, em casos raros, mutações ambientais podem torná-la ainda maior. Apesar dos membros esguios, sua envergadura é impressionante. Seu corpo é coberto por uma pele espessa ou uma carapaça resistente, que a maioria das lâminas tem dificuldade em perfurar. Seus dois olhos globulares, com fendas verticais, garantem-lhe uma visão extremamente aguçada, mesmo em ambientes semiaquáticos.

A presença de uma quiquimora não deve ser subestimada, pois há um grande risco de proliferação. Por isso, quando os habitantes descobrem sinais dessa criatura, geralmente reagem rapidamente e solicitam de imediato a intervenção de um bruxo. Se a chegada de um não ocorre a tempo, alguns aldeões arriscam enfrentar a ameaça por conta própria, o que frequentemente resulta em um banho de sangue. Isso porque, caso a quiquimora tenha tempo suficiente para se alimentar e nidificar, ela logo gera um enxame, capaz de aniquilar um vilarejo inteiro. Já são extremamente perigosas quando solitárias, mas em grupo tornam-se uma verdadeira praga. Felizmente, situações desse tipo são extremamente raras.

Bruxos geralmente não temem quiquimoras, embora devam sempre manter prudência, concentração e antecipação. Essa pode ser, inclusive, uma das primeiras criaturas que o bruxo terá que enfrentar. É essencial estar atento à agilidade da quiquimora, que, apesar de seu tamanho, reage com extrema rapidez. Consumir uma poção de Gavião ou Pigargo pode ser muito útil, especialmente contra os exemplares menores, que são fortes e traiçoeiros. A quiquimora se movimenta de forma imprevisível, graças às seis patas, que devem ser constantemente monitoradas. Sua crista espinhosa, cercada por pelos no dorso, pode ajudar a prever seus movimentos. Se estiver abaixada contra a carapaça, a criatura está prestes a atacar. Se apenas os espinhos traseiros estiverem erguidos, ela está prestes a se erguer sobre as patas traseiras.

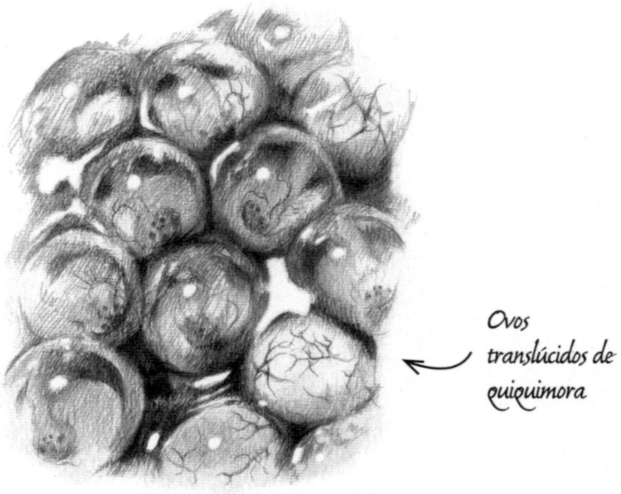

Notas e observações

- Essa espécie sofre muitas mutações dependendo da região, incluindo: secreção de veneno, substituição dos olhos por antenas mais sensíveis, capacidade de se locomover na água e projeção de ácido.
- Ataque primeiro as patas dianteiras, pois são verdadeiras lâminas.
- O ninho de quiquimora exala um forte odor de putrefação.
- Sempre verifique a presença de ovos e destrua-os caso os encontre.

Sereia

Desde tempos imemoriais, as sereias despertam pavor nos corações humanos, especialmente entre os marinheiros, que temem seu poder de sedução. No entanto, muitas das atrocidades atribuídas a elas são, na verdade, obra das nereidas, tritões e ninfas do mar, criaturas muito mais ferozes, traiçoeiras e territoriais. Os habitantes das ilhas Skellige, que convivem mais de perto com essas criaturas, as chamam de havfrues. As sereias habitam em grande número tanto o Grande Mar quanto o mar do Norte. Elas raramente atacam humanos e, quando o fazem, não é sem razão. Não se sabe ao certo se as sereias já existiam no Continente antes da Conjunção das Esferas. Contudo, algumas delas possuem a capacidade de manipular o Caos e lançar feitiços, tornando-se ainda mais enigmáticas e poderosas.

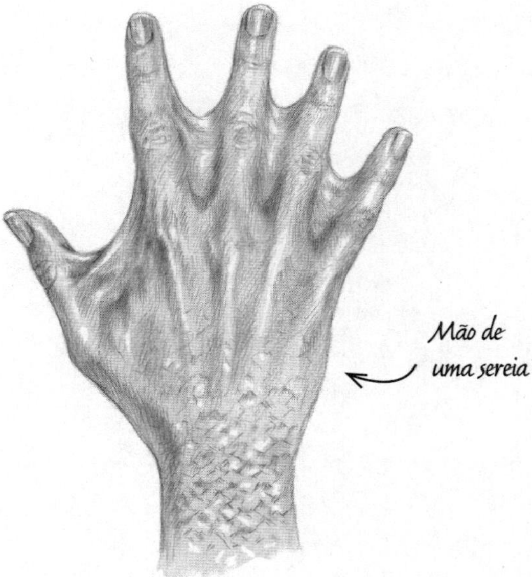

As sereias são criaturas de aparência híbrida. A parte superior de seu corpo se assemelha fortemente à de uma mulher humana, com um tronco nu e sem escamas. No entanto, é impossível confundi--las com humanas devido à cabeleira verde-porcelana e à tonalidade

"Pela graça do Fogo Eterno, alguns membros da guarda foram informados de que certos homens dentro da cidade estavam mantendo contato com sereias ao norte da foz do rio. Tais práticas, que prejudicam a honra da verdadeira humanidade iluminada pela Chama, não podem ser toleradas. Por essa razão, ordenamos que, na busca pelos referidos blasfemadores, algumas patrulhas tenham autorização para abreviar os procedimentos e eliminar formalidades desnecessárias durante as inspeções. Caberá aos acusados ou suspeitos provar sua inocência. Caso contrário, estarão sujeitos à pena estipulada de cem chibatadas de Mayhe."

Nota interna do Serviço da Guarda de Novigrad

verde-pálida de seus seios nus. As primeiras escamas aparecem a partir da cintura, que se estende em uma longa e larga cauda equipada com múltiplas nadadeiras. Embora falem também a *lingua franca*, as sereias preferem utilizar seu dialeto próprio, caracterizado por modulações melódicas da voz. Graças a suas constantes viagens e encontros, muitos bruxos acabam aprendendo essa língua cantada.

Os bruxos fariam bem em evitar confrontos com as sereias, mesmo que lhes ofereçam uma grande quantia em dinheiro. Se houver um conflito entre sereias e habitantes de um vilarejo costeiro, a solução será sempre mais delicada do que parece. O problema exigirá diplomacia, e não apenas a erradicação de uma criatura irracional e perigosa, como costuma acontecer com outros monstros. Evitar provocar a ira dessas criaturas poderosas também pode trazer benefícios inesperados, como a oportunidade de obter sua ajuda ou conselhos sobre as profundezas do mar, um território ainda pouco conhecido pelos humanos. Embora se saiba pouco sobre sua sociedade, acredita-se que as sereias vivem em comunidades complexas e organizadas, mantendo um equilíbrio harmonioso com outras criaturas marinhas.

Notas e observações

- As sereias têm a habilidade de invocar os temíveis krakens.
- Elas não podem permanecer fora da água por muito tempo, pois sua pele é sensível à exposição direta ao sol.
- Com a ajuda da magia das feiticeiras de seu povo, uma sereia pode trocar as nadadeiras por pernas e assim se infiltrar no mundo dos humanos.
- O dialeto das sereias e das feiticeiras do mar é uma variação modulada do velho dialeto élfico.

Silvano

"O diabolo, também chamado de salgueiro, por se empoleirar nessas árvores, ou silvano. É uma praga voraz que massacra o gado e as aves do quintal. Quer expulsá-lo das aldeias? Então faça o seguinte! Pegue um punhado de nozes e outro de balas; um pequeno pote de mel e outro de piche; uma tigela de sabão bruto e outra de queijo branco. Vá ao lugar onde o diabolo se abriga, à noite."

Método antigo (e inútil) para se livrar de um silvano

Os silvanos são criaturas que muitos acreditam estar extintas, pois tornaram-se cada vez mais raros e discretos desde que os humanos expandiram seu domínio por todo o Continente. Também são conhecidos como puck, diabos ou até diabolos. São seres ligados à natureza, que buscam viver em simbiose com ela. Por essa razão, sempre tiveram uma boa relação com os elfos, ao contrário dos humanos, com os quais costumam ser travessos ou até mesmo hostis. Sua presença geralmente é denunciada pelas travessuras e pequenos incômodos que causam nos arredores dos bosques ou florestas onde se estabelecem. Apesar disso, essas criaturas não representam perigo para os humanos.

O silvano tem uma aparência humanoide. Erguido sobre duas pernas peludas, com cascos fendidos, pode alcançar dois metros de altura, ultrapassando um homem em estatura. Seu corpo, embora magro, é musculoso e sustenta uma cabeça com olhos proeminentes, boca fina realçada por um cavanhaque, e dois chifres semelhantes aos de uma cabra. Possui uma cauda de tamanho médio, terminando em um tufo. O pelo que cobre grande parte de seu corpo varia em densidade e cor dependendo da região e da estação do ano. Antes de recorrer ao ataque, o silvano prefere soltar um berro ensurdecedor, tentando assustar e afugentar os adversários.

O silvano é uma criatura inteligente, e não há necessidade de matá-lo. A maioria dos bruxos evita esse caminho e prefere encontrar outras formas de cumprir um contrato envolvendo a criatura. Negociar com o silvano é a melhor abordagem. Na maioria dos casos, é possível convencê-lo a cessar suas travessuras simplesmente explicando o perigo que corre. Se a diplomacia falhar, pode-se tentar assustá-lo, ou recorrer a um mínimo de violência. Esses seres são teimosos e travessos, mas prezam sua própria sobrevivência. Diferente de um monstro-carvalho, um silvano não colocará a proteção da natureza acima da própria vida.

Notas e observações

- Os silvanos geralmente falam a *lingua franca* e o idioma antigo.
- Os druidas são os mais indicados para persuadi-los, desde que também sejam sensatos.

Trasgo batedor

Os trasgos batedores não são criaturas muito comuns, embora sua existência pareça preceder a Conjunção das Esferas. Ao longo dos séculos, receberam diversos nomes, como goblins, polterduks, karkonos, rübezahls, tesoureiros e désertiles. No entanto, "batedor" é um dos nomes que melhor os define, devido às travessuras pelas quais são conhecidos. Embora essa criatura possa ser ardilosa e brincalhona, não é verdadeiramente perigosa. Na realidade, os trasgos batedoress representam mais uma perturbação do que uma ameaça real para outras espécies.

Geralmente solitários, os trasgos batedores vivem em grutas, cavernas, poços ou túneis subterrâneos. Eles apreciam a escuridão e o frio. Sua presença costuma ser um indicativo de riquezas nas proximidades, como minerais preciosos, e muitas vezes atuam como seus guardiões. Por essa razão, são bem conhecidos pelos mineiros, em quem pregam diversas peças. Os trasgos batedores têm o hábito de assustar os mineradores, roubar suas ferramentas e até provocar desabamentos para expulsá-los das minas. Em alguns casos, fazem isso apenas para conseguir comida.

Um trasgo batedor é uma criatura imponente, podendo alcançar até o dobro do tamanho de um homem. Quando sua presença não é percebida por causa de suas travessuras, o que a denuncia é o odor abominável que exala – uma mistura de urina, suor e álcool, facilmente detectável por narizes mais apurados. Seu corpo é musculoso, mas troncudo e barrigudo, coberto por uma grande quantidade de pelos. Além disso, ostenta uma barba densa e volumosa. Os trasgos batedores estão entre as raras criaturas capazes de falar a *lingua franca*, embora seu aparelho vocal não tenha sido originalmente adaptado para isso.

Não é incomum que um bruxo se depare com um trasgo batedor. Embora os humanos que sofrem com suas travessuras às vezes encontrem formas de convivência, cedendo a seus caprichos e alimentando-o, ou até consigam maneiras de espantá-lo, eles costumam recorrer a um bruxo sempre que possível. Se houver a possibilidade de dialogar com o trasgo batedor, essa abordagem é sempre priorizada na execução do contrato. Em alguns casos, é possível usar o Sinal de Axia em indivíduos com menor capacidade cognitiva para induzi-los a abando-

nar o local onde se estabeleceram. No entanto, em situações extremas, o combate se torna inevitável. Nesses casos, é preciso tomar extremo cuidado, pois os trasgos batedores possuem uma força colossal.

Notas e observações

- Adoram álcool, o que pode ser um bom meio para atraí-los.
- Podem conviver com outras criaturas, como os barbegazis.
- Possuem grande resistência e são capazes de saltos impressionantes.

Troll

Assim como os anões e gnomos, os trolls estão entre as criaturas mais antigas do Continente. Embora tenham uma inteligência limitada, são capazes de compreender raciocínios simples e de se fazer entender. Com o tempo, adaptaram-se à expansão dos humanos e, hoje em dia, há casos em que até prestam serviços para eles. Alguns constroem pontes e cobram pedágios, vigiam passagens estratégicas ou trabalham como escoltas. Entretanto, tais casos são raros, pois os humanos ainda desconfiam dessas criaturas. De temperamento volúvel, os trolls podem, quando irritados, agir com extrema brutalidade.

O troll é uma criatura imponente. Muito maior que um humano, possui um corpo robusto, com músculos salientes e pernas curtas e grossas. Seu rosto assustador há séculos é usado para amedrontar crianças. Os pequenos olhos são profundamente encravados em uma face inchada e enrugada, onde o nariz, praticamente inexistente, se resume a duas fendas escuras. De sua boca larga, sobressaem dentes amarelados e irregulares. Apresentam variações físicas dependendo da região onde vivem. Por exemplo, os trolls das montanhas possuem pele rochosa, quase tão dura quanto quartzo, enquanto os trolls do gelo costumam cobrir o corpo com estalagmites congeladas.

Os trolls vivem principalmente em grutas e cavernas, o que os protege da luz do sol, que não apreciam. Diferente do que dizem as lendas e rumores, essas criaturas não evitam a luz por medo de morrer, mas simplesmente por preferência. Assim, é perfeitamente possível encontrar um troll durante o dia. Podem ser vistos sozinhos ou em pequenos grupos. Quando vivem em comunidade, costumam formar uma estrutura rudimentar, liderada por um troll dominante.

É possível convencer um troll. Não é uma tarefa fácil e já levou muitos bruxos ao desespero, mas pode acontecer. O segredo está em ter uma paciência infinita e adaptar-se à capacidade limitada de compreensão da criatura. Na maioria dos casos, se o troll estiver causando problemas, é possível fazê-lo entender que parar com suas ações ou mudar de lugar é uma alternativa melhor do que morrer. No entanto, nem todos os trolls falam a *lingua franca*, e alguns simplesmente não são capazes de raciocinar. Quando isso acontece, o bruxo não tem

escolha a não ser lutar – de preferência, com uma arma bem afiada – contra a ferocidade animalesca desses monstros. O desafio não está apenas em sua força, mas principalmente em sua pele. Embora um bruxo tenha vantagem em velocidade e esquiva, deve penetrar a couraça rochosa da criatura e desferir golpes fatais.

Notas e observações

- Antigas lendas dizem que os trolls se transformam em pedra sob a luz do sol, o que não é verdade.
- Alguns trolls preferem se aliar aos humanos a correr o risco de serem caçados e mortos.
- O Sinal de Axia pode, às vezes, hipnotizar trolls com intelecto limitado, mas não funciona sempre.
- Pontos vulneráveis: pescoço, virilha e axilas.
- Os trolls são capazes de usar ferramentas rudimentares e empregar objetos como armas.

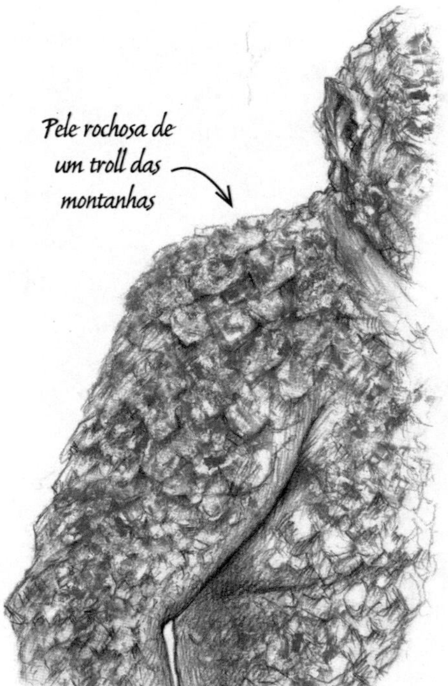

Unicórnio

"A jovem que levarão consigo não deve ter tido qualquer relação carnal em toda a vida, pois somente ela os unicórnios aceitam que se aproxime. Não há outro meio. Ela deve entrar sozinha na floresta onde a criatura se encontra. Deixem-na sem saber o verdadeiro motivo pelo qual está sendo levada até lá. Em seguida, os caçadores devem segui-la em absoluto silêncio. Se a fera aparecer, não ajam com pressa. Esperem até que ela se ajoelhe diante da virgem. O melhor atirador terá então apenas uma única chance."

Caça aos animais raros e misteriosos

Os unicórnios, antigamente chamados de licornes, desapareceram do Continente há mais de duzentos anos. Eles não constam mais nos registros da Escola do Lobo, já que nenhum bruxo relatou sua presença nesse período. Essas criaturas mágicas, supostamente vindas de outro mundo, foram caçadas pelos humanos por séculos, muitas vezes devido a crenças duvidosas. Magos e feiticeiras também demonstraram grande interesse por esses seres raríssimos e enigmáticos. Os Aen Seidhe, que sabem mais sobre os unicórnios do que os humanos, sempre demonstraram um certo respeito por eles e não participaram de sua extinção. Alguns de seus sábios chegaram a tentar protegê-los por um tempo, embora sem sucesso.

Os unicórnios têm a aparência de cavalos majestosos, com um chifre comprido e fino na testa. Sua pelagem sempre foi descrita como atípica e mutável, nem totalmente cinza, nem inteiramente branca. Todas as representações herdadas ao longo do tempo retratam essas criaturas como graciosas, cuja elegância inigualável era superior até mesmo à da mais imponente das éguas de raça. Nos tempos em que essa espécie ainda existia, nenhum hábitat específico foi identificado. Era como se os unicórnios simplesmente aparecessem e desaparecessem, deixando para trás apenas uma visão fugaz e um rastro de mistério.

Se, por milagre, um bruxo descobrisse a existência de um unicórnio e chegasse a encontrá-lo, seria altamente recomendado que não o

perturbasse. Ao longo da história, a Ordem dos Bruxos nunca participou da perseguição dessas criaturas. Alguns, no passado, chegaram a recusar contratos de caça. Os unicórnios nunca foram hostis a qualquer espécie do Continente e não mereceram as inúmeras perseguições das quais foram alvo. Foram os humanos que alimentaram os maiores mitos sobre os unicórnios, chegando ao ponto de acreditar que reduzir os chifres a pó poderia curar problemas comuns de virilidade.

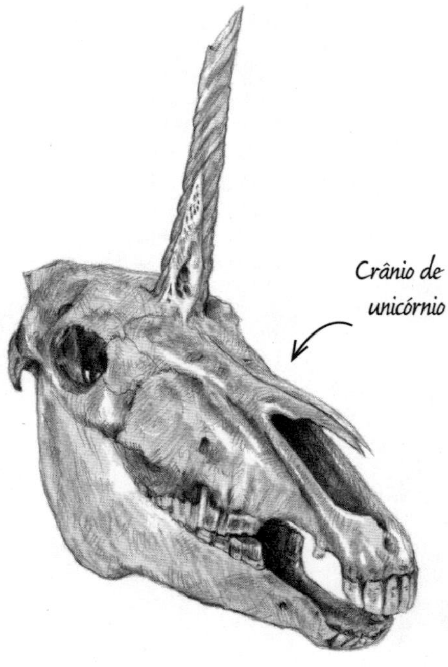

Notas e observações

- Os unicórnios conseguem se deslocar a uma velocidade impressionante, levando alguns magos a especular que possuem habilidades de teletransporte.
- Nenhuma ferida causada pelo chifre de um unicórnio pode ser curada, nem mesmo com magia.
- Os ossos dos unicórnios têm um alto valor comercial, mas é prudente escolher bem o comprador. Magos e feiticeiras são mais capazes de fornecer respostas sobre essas criaturas do que aqueles que não têm seu poder.

Vampiro

"Os camponeses comeram alho em abundância e, para maior segurança, penduraram coroas de alho ao redor do pescoço. Alguns, especialmente as mulheres, enfiaram cabeças inteiras de alho por toda parte onde puderam. A aldeia inteira fedia a alho horrendum. Os aldeões acreditavam que estavam protegidos, que o morto-vivo nada poderia fazer contra eles. Grande foi sua surpresa quando, ao cair da noite, o espectro chegou batendo as asas, sem demonstrar o menor temor. Ele riu, rangendo os dentes de prazer. 'Que bom que se prepararam assim', sibilou. 'Vou devorá-los sem demora, pois aprecio muito mais a carne bem temperada. Coloquem mais sal e pimenta, e não se esqueçam da mostarda'."

Silvester Bugiardo, *Liber Tenebrarum, ou o Livro dos acontecimentos terríveis, porém verdadeiros, jamais explicados pela ciência*

O termo vampiro não se refere a uma única criatura, mas sim a uma espécie com diversos subgrupos. Assim, brouxes, alpyres, noctules, albs, katakans, mulas e ekimmes são todos considerados vampiros. Além deles, existem também os vampiros superiores, que, diferente dos demais (dentre os quais se encontram os chamados "inferiores"), possuem maior controle sobre sua natureza e seus impulsos. O que todos têm em comum é o gosto pelo sangue, que constitui sua única fonte de alimentação. São criaturas quase exclusivamente noturnas, tornando-se particularmente ativas durante a lua cheia. Considerados imortais, podem viver por vários séculos e são resistentes à maioria dos ferimentos.

Muitos temem se transformar em vampiros caso sejam mordidos por um, assim como acontece com os licantropos. No entanto, esse medo é infundado, pois não há registros de contaminação por mordida. Um vampiro nasce vampiro, ele não se torna um. Diversas teorias foram sugeridas para explicar essa condição. A mais aceita indica que a Conjunção das Esferas está na origem de sua presença no Continente, seja ao trazer vampiros de outro mundo para essas terras, seja por meio do Caos, alterar profundamente a natureza de certas criaturas que já existiam, ou até mesmo ressuscitar outras.

Circulam muitas tolices sobre os vampiros e as supostas maneiras de afugentá-los ou matá-los. Cruzes, água benta e alho não têm nenhum efeito sobre eles. Para derrotar essas criaturas, nada supera uma espada de prata e o fogo. A maioria dos vampiros – e isso é ainda mais verdadeiro para os superiores – possui capacidades de regeneração extraordinárias. Apenas ataques constantes e precisos, ou chamas intensas e contínuas, podem causar danos suficientemente graves e duradouros para impedir que seus tecidos se regenerem. Manter essa ofensiva, no entanto, não é tarefa fácil, pois a maioria dos vampiros possui agilidade e velocidade incomparáveis. Nessas situações, as poções Gavião, Pigargo, Chamariz e, em alguns casos, Aedd Gynvael são altamente recomendadas.

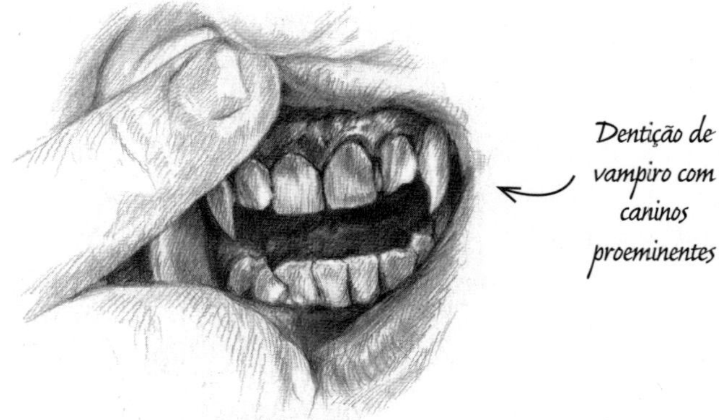

Notas e observações

- Todos os vampiros possuem sentidos extremamente aguçados, muito mais do que os dos bruxos.
- Feitiços de análise e escaneamento não conseguem detectar a presença de um vampiro.
- Existem vampiros superiores abstêmios, mas isso não significa que não sejam perigosos.
- Alguns vampiros são capazes de se tornar invisíveis, enquanto outros podem se transformar em morcegos.
- A maioria dos vampiros não reflete em espelhos e não projeta sombra.

Vodianoi

"No fim das contas, nada sabemos sobre os mistérios das profundezas marinhas, e assim continuará por um bom tempo. Simplesmente não somos capazes de atravessar o Grande Mar para descobrir o que há além. No entanto, nossa ignorância não deve nos cegar. É certo que essas profundezas estão longe de serem desoladas e desprovidas de vida inteligente, como gostamos de acreditar para nos confortar. As lendas falam da cidade de Ys-Submersa, talvez apenas uma entre muitas. Há vida lá embaixo. Não sabemos nada sobre ela, e teremos que conviver com isso."

Derameg, *Encyclopaedia Mundi*, volume IV

Além das sereias, krakens, tartarugas-dragão, nevolosos e algumas criaturas amaldiçoadas que assombram as águas, sabemos muito pouco sobre os monstros marinhos que ficaram presos nos mares do Continente após a Conjunção das Esferas. O mesmo vale para aqueles que já habitavam os oceanos antes desse evento. Lendas sombrias mencionam "aqueles que vivem sob as águas", e, como ocorre às vezes, essas histórias possuem um fundo de verdade. Esse é o caso dos vodianois, também chamados de vodniks, olhos-de-peixe ou guerreiros de Ys – criaturas inteligentes que habitam as profundezas do mar.

Os olhos-de-peixe são criaturas ictioides que possuem duas pernas palmadas e dois braços musculosos. Sua cabeça, adornada por dois olhos esbugalhados, repousa sobre um pescoço escamoso, onde se abrem amplas brânquias, permitindo-lhes respirar debaixo d'água. Uma crista dorsal, que podem eriçar quando enfurecidos, estende-se do topo da cabeça até a ponta de uma longa cauda, responsável por sua agilidade aquática. Possuem uma boca ampla, repleta de numerosas presas pontiagudas em formato de cone.

Os vodianois podem se tornar extremamente agressivos diante de qualquer intrusão em seu território. Quando isso ocorre, eles não hesitam em enviar guerreiros armados, capazes de dizimar inimigos em questão de segundos. Pouco se sabe sobre a organização de suas

sociedades, mas sua capacidade de construir estruturas subaquáticas e de fabricar armaduras, ferramentas e armas sugere um alto nível de evolução. Suas investidas são tão violentas quanto coordenadas, e seus guerreiros manejam foices serrilhadas, lanças carcomidas e espadas de duas mãos sem guarda, o que indica um treinamento rigoroso. Não é impossível que, assim como as sereias, alguns entre eles possam controlar forças elementares – ou até mesmo criaturas como o kraken –, mas essa hipótese ainda não foi comprovada.

Os mestres, ao falarem dessas criaturas, sempre repetem o mesmo aviso: não se aproximem, nem lutem contra elas, a menos que sua sobrevivência dependa disso. São conselhos sábios, pois os vodianois são inteligentes, e a Ordem não deseja ser responsável por uma guerra entre as águas e as terras. Se um confronto for inevitável, prepare-se para enfrentar guerreiros vodianois que, além de dominarem técnicas de combate inesperadas, utilizam armas e armaduras peculiares e extremamente letais. Um bruxo deve evitar ao máximo enfrentá-los dentro d'água. Mesmo com seus reflexos aguçados e habilidades com a espada, ele seria rapidamente dominado e afogado.

Notas e observações

- Ouvir o som de um sino perto de um recife é um mau presságio, podendo indicar um ataque de olhos-de-peixe.
- As sereias interagem com os olhos-de-peixe.
- Não há certeza sobre a natureza mágica dessas criaturas, mas, por precaução, é recomendado o uso de uma lâmina de prata.
- Evite qualquer estrutura subaquática.
- O Sinal de Igni pode ser útil para assustar ou ferir um inimigo com uma explosão.

Wyvern

Os wyverns, também conhecidos como serpes ou guivras, dependendo da região, são quase sempre confundidos com dragões. Para aqueles que nunca viram um verdadeiro draconídeo, a confusão é compreensível, pois essas criaturas compartilham algumas semelhanças. Os wyverns são répteis imponentes, dotados de asas que lhes permitem voar. Curiosamente, essa confusão raramente ocorre com o basilisco. Quando tentam identificar um réptil desconhecido, a maioria das pessoas tende a associá-lo a um ser lendário como o dragão. Cabe ao bruxo distinguir as pequenas variações nas descrições para identificar corretamente qual criatura está enfrentando.

Com o passar dos séculos, assim como ocorreu com outras criaturas, a quantidade de wyverns diminuiu gradativamente. No entanto, eles ainda são numerosos em todo o Continente, e podem ser encontrados tanto nas terras do Norte, chegando até o vale de Kaer Morhen, quanto nas regiões áridas do Sul. Essas salamandras aladas foram trazidas ao mundo durante a Conjunção das Esferas e se adaptaram facilmente aos ecossistemas locais, impondo-se sobre outros predadores graças à sua ferocidade. Perigosos e letais, os wyverns fazem seus ninhos em penhascos elevados, escarpas ou encostas de ravinas, e consideram as áreas ao redor como seu território de caça. Para saciar seus instintos carnívoros, frequentemente atacam rebanhos nos pastos próximos às aldeias – e, ocasionalmente, visam até mesmo humanos.

Em geral, um wyvern possui uma envergadura e porte muito menores do que os do mais frágil dos dragões. Ainda assim, seu tamanho equivale, no mínimo, ao de um humano. Alguns espécimes, devido a mutações específicas ou à exposição a um ambiente singular, podem crescer bem mais do que o normal. Diferente dos dragões, os wyverns caminham sobre duas patas traseiras. Seu par de asas membranosas auxilia no equilíbrio quando estão no chão. Sua pele é composta por um couro espesso, coberto por escamas extremamente resistentes, cuja cor varia, mas geralmente tende a tons escuros. Ao contrário dos dragões, um wyvern não é capaz de cuspir fogo. Seus trunfos em combate, portanto, estão na ferocidade, agilidade e, sobretudo, em suas presas e garras afiadas, assim como na cauda espinhosa.

Um wyvern é tão ágil e rápido quanto uma serpente. Em termos de velocidade, pode facilmente igualar um bruxo – ou até mesmo superá-lo. Por isso, o segredo para enfrentá-lo está em explorar seu equilíbrio precário durante determinados ataques. Manter os olhos sempre atentos às suas asas é essencial, não apenas por causa dos ganchos afiados em suas extremidades, mas porque a criatura as usa estrategicamente para ocultar os movimentos da cauda, capaz de infligir os ferimentos mais devastadores.

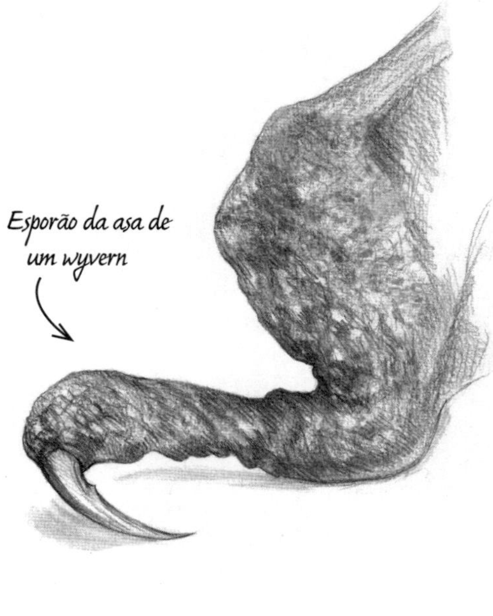

Notas e observações

- Alguns wyverns apresentam mutações em suas espinhas dorsais e caudas, que adquirem uma coloração diferente e segregam veneno.
- Os wyverns podem atacar tanto de dia quanto à noite.
- Se um wyvern bate as asas violentamente ao abri-las, não está tentando intimidar – está prestes a investir contra o alvo após um breve voo.
- Wyverns podem carregar escombros ou partes de construções para reforçar seus ninhos.

Zeugle

O zeugle é um anfíbio que já existia no Continente antes da Conjunção das Esferas. É uma criatura mortal para qualquer um que se aventure em seu território. Encontrar esse monstro não é tarefa fácil, e exige literalmente sujar as mãos. Essa espécie se adaptou perfeitamente à expansão humana e à urbanização resultante dela. Se antes preferiam pântanos fétidos e lamacentos, agora os zeugles encontraram nos dejetos humanos um ambiente ainda mais propício. Excrementos pestilentos, carcaças em decomposição e tudo o que repugna a maioria dos seres vivos são atrações ideais para sua nidificação. Por isso, tomaram os esgotos e lixões das cidades grandes, tornando-se extremamente difíceis de erradicar.

Na fase adulta, um zeugle supera facilmente a altura de um homem e adquire uma massa considerável. Seu corpo é bulboso e grotesco, com quatro enormes tentáculos. Nas extremidades desses tentáculos, encontram-se apêndices quitinosos, pontiagudos e ocos, que permitem à criatura agarrar suas vítimas com firmeza. Sua pele viscosa, em algumas partes coberta de escamas, lembra a de certos cefalópodes. É difícil identificar a cabeça no meio da massa gelatinosa. Localizada entre os dois tentáculos traseiros – os maiores –, a cabeça do zeugle é protegida por uma camada espessa de pele, semelhante a uma carapaça, sob a qual se abre uma boca colossal, repleta de presas cônicas e irregulares. Seus dois pequenos olhos fosforescentes lhe conferem visão no escuro.

Quando uma cidade descobre que um zeugle infestou seus esgotos lamacentos, geralmente já é tarde demais para removê-lo com métodos convencionais. Nesses casos, apenas a contratação de um bruxo pode resolver o problema. Normalmente, a presença da criatura é revelada pelo desaparecimento de várias pessoas nos esgotos e canais subterrâneos. Agir rapidamente é essencial. Sendo hermafrodita, um zeugle não demora a se reproduzir uma vez que se instala em um local. A partir desse momento, a situação pode sair do controle, pois os filhotes de zeugle são mais ágeis e ousados do que os adultos. Além disso, sua proliferação pode continuar indefinidamente, tornando-se uma ameaça crescente.

Os contratos para eliminar zeugles são comuns nas cidades grandes, e um bruxo enfrentará vários deles ao longo de sua vida. O combate pode ser desafiador, não apenas pela brutalidade da criatura, mas principalmente pelo ambiente onde se encontra o ninho. Muitas vezes, o bruxo precisará lutar com os pés afundados na lama até a altura das coxas, o que dificulta movimentos e esquivas. O zeugle, por outro lado, está perfeitamente adaptado a esse ambiente e sabe usá-lo a seu favor. Ele não hesita em arremessar montes de imundície contra seus oponentes para desestabilizá-los antes de atacar. Mais do que nunca, o bruxo deve estar atento às feridas que pode sofrer, pois tanto o zeugle quanto seu hábitat são transmissores de doenças agressivas que, apesar das modificações genéticas dos bruxos, ainda podem ser altamente debilitantes.

Notas e observações

- É recomendável ter à disposição Papa-figos e a Mistura de Brokilon para tratar possíveis infecções após o combate.
- Se o zeugle começar a rolar, esquive-se até que ele pare.
- A Aedd Gynvael é altamente recomendada para enxergar em túneis subterrâneos profundos.

Os dias passaram, e minha mente ainda não consegue aceitar essa informação.

Isso vai contra tudo o que minha formação e minha longa existência me ensinaram. Já perdi irmãos antes – tanto os mais jovens como os mais velhos. Mas talvez eu estivesse convencido de que Sorel sobreviveria a mim. A raiva me consome. Por isso, enviei uma mensagem para Ard Carraigh. Espero que Théobald me diga se o Capítulo teve alguma participação na sucessão de eventos que levou à morte de Sorel, pois um pressentimento terrível me atormenta. Talasi não parava de me questionar sobre meu estado. Quando lhe contei a notícia, ela insistiu em organizar uma vigília fúnebre, junto de algumas sacerdotisas. Recusei. Uma cerimônia me aguardaria quando eu retornasse a Kaer Morhen. Talvez, no fundo, eu sentisse que ainda era cedo demais. Porém, ela não desistiu, alegando que também conhecia Sorel. Eu não sabia disso, mas ele havia passado várias vezes pelo templo, para reabastecer seus suprimentos.

– De qualquer forma – disse-me ela –, não quero organizar a oração por você, nem por mim. Quero fazer isso por ele.

O que eu poderia responder? Nada. Como tantas outras vezes com ela, não havia mais nada a dizer.

V

Hen llinge

O idioma antigo, também chamado de *hen llinge* ou velho dialeto, é falado no Continente há séculos. Ele já existia antes da Conjunção das Esferas e, na verdade, refere-se a uma raiz linguística comum compartilhada por elfos, dríades, sereias e muitas outras criaturas. Geralmente, é visto como oposto ao idioma comum dos humanos, conhecido como *lingua franca*. Apesar de sua antiguidade, o *hen llinge* ainda é amplamente utilizado e deu origem a vários dialetos, como as línguas das ilhas de Skellige e de Nilfgaard. É também a língua dos magos e magas, já que sua formação original veio dos elfos. Para um bruxo, dominar esse idioma é fundamental.

A

Aark: Grito do corvo
A'baeth: Beijar
Addan: Dança
Aedd: Brilho, esplendor
Aef: Ter, possuir
Aefder: Mais tarde
Aen: Artigo que pode significar "o", "a", "os" ou "as"
Aen Elle: O povo dos amieiros
Aen Ithlinnespeath: A profecia de Ithlinne
Aen Saevherne: Erudito
Aen Seidhe: O povo das colinas
Aen Woedbeanna: Moça da floresta
Aenye: Fogo
Aenyell'hael: O batismo de fogo
Aenyeweddien: A criança do fogo
Aep: De (indica pertencimento ou hereditariedade)
Aercane: Arcano
Aespar: Atirar
Aëte: Verão
Aevon: Rio
Aine: Luz
An'givare: Informante, espião
Ar: De, dos, das (algo)
Ard: Montanha, superior, o mais alto, alto, o maior, grande
Ard Gaeth: Grande porta
Arse: Traseiro, bunda
A'taeghane: Hoje

B

Ban: Lugar, vilarejo
Beanna: Mulher
Beann'shie: Banshee (a mensageira da morte)
Belleteyn: Período da floração
Blath(anna): Flor(es)

Bleidd: Lobo
Bloed: Sangue
Bloede pest: Pela peste
Bloedgeas: Nome de um juramento de sangue, originário das ilhas Skellige
Brokiloén: Brokilon

C

Caed: Floresta
Cáelm: Devagar
Cáemm: Vir, chegar
Caen: Poder (verbo)
Caer: Fortaleza
Caer a'Muirehen: Fortaleza do mar antigo
Caérme: Destino
Cáerme Gláeddyv: Espada da providência
Canell: Carvalho
Carn: Túmulo, cemitério
Carraigh: Rocha
Ceádmil, Ceád: Saudação, olá
Cerbin: Corvo
Cinerea: Naucore (criatura aquática)
Coram: Leão
Craag: Penhasco, rochedo
Crevan: Raposa

D

Daetre: Atrás
Darienn: Mago, feiticeira
Dearg: Vermelho
Deárme: Boa noite
Deireádh: Fim
Deith: Chama, fogo
Deithwen: Chama branca
Dh'oine: Homem, humano

Dhu: Preto
Dice: Dizer, falar
Dol: Vale
Dol Blathanna: Vale das flores
Drieschot: Triângulo
Duén: Lugar
Duén Canell: Lugar do carvalho

E

Easnadh: Suspiro
Eigean: Marca de necessidade, obrigação, inevitabilidade
Elaine: Belo, magnífico
Ell'ea: De acordo, combinado
Enid: Margarida
Enid an Gleanna: Margarida dos vales
Ess: Ser
Esseá: Eu sou
Esseath: Tu és
Evall: Cavalo
Eveliенn: Tudo, todos, todas

F

Feainn: Sol
Feainnewedd: Filho do Sol
Fen: Campo
Fen Carn: Campo dos túmulos
Foile: Louca

G

Gaeth: Porta
Garadh: Barreira
Gar'ean: Atenção, cuidado
Geas: Maldição
Geas Garadh: Feitiço da barreira
Gláeddyv: Espada

Gláeddyvan: Armas
Gleanna: Vale
Glosse: Fixar, observar
Gvalch'ca: Falcão-fêmea (também deu origem ao nome Falka)
Gwen, Gwyn: Branco
Gwenllech: Pedras brancas
Gwennelen: Alabastro
Gwynbleidd: Lobo branco
Gynvael: Gelo

H

Hay'caaren: Intraduzível, refere-se a uma cobiça voraz (mais tarde adaptado pelos humanos como Havekar)
Hen: Antigo, velho
Hen Ichaer: Sangue antigo
Hen Llinge: Idioma antigo

I

Ichaer: Sangue
Imbaelk: Período da germinação
Inis: Ilha
Invaerne: Inverno

L

Lammas: Período da maturação
Lara: Gaivota
Lionors: Leoa (dialeto de Skellige)
Llinge: Língua, idioma
Lokke: Lugar, local
Luned: Menina, moça
Luned aep Hen Ichaer: Filha do sangue antigo

M

Me: Eu, meu, minha
Meáth: Encontrar

Mid: Solstício
Midaëte: Solstício de verão
Midinváerne: Solstício de inverno
Milva: Milhafre (tipo de falcão)
Minne: Amor, amar
Mire: Olhar, observar
Modron: Mãe (dialeto de Skellige)
Morvudd: Inimigos
Muire: Mar

N

Naev'de: Nove (o número)
Néen: Não
N'ess a tearth: Não temas nada
N'og: Jovem
N'te va: Vá embora, saia

P

Pest: Peste
Pherian: Halfling, hobbit
Pont: Ponte

Q

Quirk: Grito da andorinha

R

Renn: Correr
Rhena: Rainha
Ruadhri: Cavaleiros

S

Saovine: Decadência, enfraquecimento
Scoia'tael: Esquilo
Seidh: Colina

Sh'aent: Cantar
Sidh: Elfo
Sledd: Trenó
Sor'ca: Irmãzinha
Spar: Atacar, atirar
Speath: Profecia
Squaess: Desculpa
Squaess'me: Desculpe-me
Stráede: Estrada

T

Táedth, Táedh: Poeta, bardo
Tearth: Medo, temor
Tedd: Tempo (condição climática)
Thaess aep: Cala a boca
Tirth: Selvagem
Tor: Torre
Tor Lara: Torre da gaivota
Tor Zireael: Torre da andorinha
Tuathe: Sussurro
Tvedeane: Dúzia

V

Va: Ir
Va'en: Viagem
Vá fáill: Adeus, até logo
Vara: Mercadoria
Vatt'ghern: Bruxo
Veloë: Rapidamente, rápido
Vort: Jogar, soltar, lançar (também pode indicar um movimento de dentro para fora)

W

Wedd: Criança
Wen: Branco (forma abreviada de Gwen)
Wyvere: Wyvern

X

Xin'tra: Cintra

Y

Yeá: Sim
Yghern: Escolopendromorfo
Yn: Sobre, em cima
Ys: De baixo, por baixo (também pode indicar um movimento de fora para dentro)

Z

Zireael: Andorinha
Zvaere: Jurar, fazer um juramento (dialeto de Skellige)

Uma tragédia.

Poucas horas após o amanhecer, uma agitação sutil tomou conta das sacerdotisas. Os corredores se encheram de sussurros, espalhando-se até os salões de estudo e as câmaras de oração, normalmente tão tranquilos. Isso me despertou, mas não me preocupei de imediato. Tantas coisas acontecem nesses templos – e mais ainda neste do que nos outros – que qualquer um que se espante com a mínima desordem não tem um minuto de descanso. Após retornar do meu treinamento – já fazem duas semanas que venho recuperando a força e a resistência que o fogo do veneno e minha convalescença me roubaram –, notei que todos evitavam meu olhar, com expressão fechada. Foi então que entendi: essa comoção tinha a ver comigo. As pessoas se viravam para me observar conforme eu passava. Atrás de mim, suspiros e murmúrios se acumulavam. Um bruxo conhece bem essa sensação. É o que nos espera em vilarejos e tavernas, em qualquer lugar que pisemos. Mas nunca antes havia acontecido entre essas paredes.

No início, atribuí isso à minha presença que, prolongando-se, talvez começasse a irritar. Mas então cruzei com Violette. Ela também evitava meu olhar, fingindo estar ocupada com uma tarefa insignificante. Então era outra coisa. Algo muito mais grave. Em seus traços finos e perolados, não havia vestígio de irritação, apenas tristeza. Uma expressão aflita que apenas as sacerdotisas e devotas de Melitele aprendem a exibir. Algo terrível havia acontecido. Isso se sentia no ar. Como uma corrente de vento que poluía a tranquilidade habitual. Toda a inquietação que não cessava de murmurar desde o meu despertar ganhou o peso de uma esfera de chumbo em minha garganta. Precisei convencer Violette a me contar o que estava errado. Ela chorou. Não pela minha insistência, mas pelo fato de ser ela quem teria que me revelar o acontecimento. Ela se desculpou. Como se tivesse alguma culpa...

Kaer Morhen não existe mais.

Mesmo escrevendo essas palavras, assim como ao dizê-las em voz alta, não consigo aceitá-las. A única substância que elas possuem, a única marca que deixam em mim, é o vazio que imprimem na minha mente quando as encaro, o abismo que me dilacera quando as escuto. Foi na abertura do mercado de Ellander que o boato se espalhou pela região pela primeira vez. Vinha de um comerciante que havia negociado em Hagge. Ele próprio ouvira a história contada por um menestrel que estivera em Leyd no mês anterior. Uma sacerdotisa e duas devotas serpenteavam entre as barracas fazendo compras quando ouviram a notícia se espalhar por toda a cidade, como um rastro de pólvora gnômica. A mais jovem, Neke, correu de volta para o Templo para dar a notícia.

Já faz cerca de duas semanas que a tragédia aconteceu. Pelo menos mil homens tomaram a fortaleza de assalto para matar todos que lá estavam. A notícia demorou a chegar à região. Enquanto eu estava aqui, descansando, aproveitando os banhos quentes e finalizando este trabalho, meus irmãos eram massacrados sem que eu soubesse de nada. No início, pensei que fosse uma farsa. Afinal, Kaer Morhen é inexpugnável. Mas a história é absurda demais para ser inventada. E, além disso, não teria se espalhado dessa forma se fosse apenas um boato. Pessoas viram as colunas de fumaça do massacre a vários quilômetros de distância do vale.

Meu lar não passa agora de uma imensa vala comum de corpos ensanguentados, dos quais se banqueteiam os corvos dos Montes do Dragão. A ofensiva, lançada ao amanhecer, tinha como objetivo surpreender os bruxos que haviam se instalado ali para o inverno. Apesar das rondas de vigia, a defesa demorou a se organizar. A Gwenllech, recém-descongelada, carregou por horas um fluxo escarlate pelo vale, tingida pelo sangue dos cadáveres lançados além das muralhas. O que restou do caminho de ronda foi adornado com inúmeras cabeças espetadas em estacas. Um incêndio se alastrou, consumindo parte da floresta vizinha, por onde serpenteia o Caminho do Sofrimento. De acordo com a menestrel, a "purificação" foi descrita como um verdadeiro sucesso em Ard Carraigh.

Homens sozinhos não poderiam ter vencido a fortaleza. Mesmo cinco mil deles, munidos de máquinas de cerco, não teriam conseguido. Só vejo uma explicação: magos apoiaram esse ataque. Disso, não tenho dúvidas. Suspeito até que tenham sido os instigadores. Não é preciso ser um mestre espião ou um grande erudito para entender que foram aqueles que já suspeitávamos estar por trás do Monstrum. *Eu não deveria me surpreender com as atrocidades a que o ódio e o medo da diferença podem levar – não depois de ter relatado nestas páginas a história dos homens que perseguiram, massacraram e mataram para expandir seus reinos. E, no entanto, ainda não consigo acreditar.*

Eu esperava obter detalhes sobre a morte de Sorel, e eis o que acontece. Como se uma desgraça gerasse outra. Um vazio que dá lugar a um abismo ainda maior. Seria apenas uma coincidência? E se meu irmão, ao se aproximar do Capítulo e de alguns de seus membros, na verdade pagou o preço por uma descoberta terrível? As piores possibilidades se entrelaçam em minha mente e me atormentam.

Minha mão está trêmula. Não paro de interromper a escrita para tentar conter os tremores. A toxina do basilisco já não é mais um problema. Meu corpo se livrou dela. Não, trata-se de algo diferente. De raiva. De fúria. Minha mão treme porque meus irmãos estão mortos, porque meu lar não existe mais. Segundo os rumores, nenhum bruxo sobreviveu. Nem mesmo os aprendizes, nem as crianças. Por mais que eu tenha ouvido que quase todos os atacantes também morreram, isso não me consola. Pelo con-

trário, torna essa tragédia ainda mais absurda. Os magos, por sua vez, certamente sobreviveram, desaparecendo sem deixar rastros.

A Grande Sacerdotisa, Talasi, veio falar comigo no fim do dia. Como se tivesse esperado para ver qual seria minha reação. Ela me encontrou junto a um dos peristilos internos, onde eu cortava lenha, preocupada em saber como eu estava lidando com o golpe. O que eu poderia dizer a ela? O que dizer que não a levasse a um discurso relativista, extraído do alicerce de suas crenças? Falar sobre a raiva, a fúria e a tristeza de me tornar órfão mais uma vez. Quebrar o gelo do bruxo supostamente desprovido de emoções. Talasi, também usando a máscara de sofrimento que eu tinha visto no rosto de Violette – mas um rosto mais enrugado, endurecido pelas tragédias que abalaram o mundo ao longo de sua longa vida –, nem sequer mencionou sua deusa.

Quando lhe manifestei minha vontade de chegar à fortaleza, ou ao que restava dela, ela se mostrou ainda mais pragmática do que eu jamais a tinha visto ser. "Se o que nos relataram for verdade", disse ela, "e, assim como você, não tenho dúvidas de que seja, cavalgar a toda velocidade até Kaer Morhen seria suicídio. Com certeza ainda há por lá, ao longo do caminho ou nos arredores do vale, alguns dos que atacaram a fortaleza, emboscados, à espera do retorno de outros bruxos. Se você for agora, terá de ser cuidadoso." Ela se preocupava apenas com o meu bem-estar, com a minha sobrevivência, ciente de que eu não tinha outra opção. Por isso, não tentou me dissuadir. Na verdade, ela sabia qual era minha decisão antes mesmo de vir falar comigo. Antes mesmo que eu a tivesse tomado.

Esta obra está concluída. Infelizmente, chega tarde demais. Tarde demais. Poderá ainda servir a novos aprendizes? Será sequer possível formar novos aprendizes? Teria este trabalho mudado algo no curso dos eventos que levaram à nossa condenação?

Teria sido capaz de alterar o olhar que as pessoas lançam sobre nós? Certamente não o dos manipuladores que atuaram nas sombras para orquestrar nosso desaparecimento. Eles não precisavam de um verdadeiro motivo, pois apenas espalhar a morte lhes interessava. E os outros? Os fantoches movidos pelo medo? Tenho a convicção de que teriam simplesmente canalizado seu ódio para outro bode expiatório. Os meio-elfos, por exemplo. Ou os anões. Os não humanos, de qualquer forma. Isso acontecerá de novo, infelizmente. O sangue nunca sacia a sede dos monstros. Sinto muito por eles.

Ao amanhecer, partirei.

Para ver com meus próprios olhos aquilo que não consigo aceitar. Para encontrar também aqueles que, como eu, não estavam na fortaleza e que talvez tenham sobrevivido. Provavelmente muito poucos.

A neve mal começou a derreter, é improvável que já tenham retomado o caminho. Mas o farão, ou já estão a caminho, se, como eu, também receberam a notícia. Não sei como reagirão as outras escolas. Talvez possamos contar com seu apoio, talvez não. Elas próprias não estão em uma situação favorável.

Talasi me ofereceu um lugar seguro para guardar este livro até minha próxima vinda. Caso algo aconteça. Para que meus esforços não sejam perdidos, caso meu destino seja uma morte prematura. Ainda não tomei minha decisão. Tudo o que sei é que nossa ordem e nossas práticas não podem cair no esquecimento.

– Você tem razão, não podem – garantiu-me Talasi.

Quando perguntei por quê, suas palavras ressoaram como uma verdade incontestável:

– Porque vocês ainda são muito necessários.

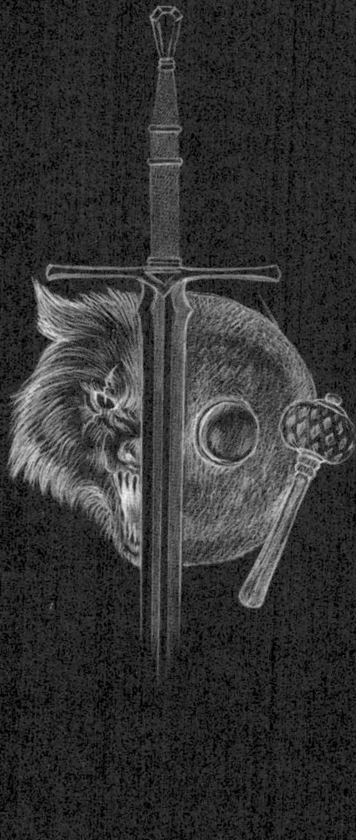

Este livro foi composto na fonte Fairfield Lt Std e impresso
pela gráfica Paym, em papel Lux Cream 70 g/m^2, para a
Editora WMF Martins Fontes, em julho de 2025.